そのころわたしはまだ十五歳《さい》で、

すべてを知ることができる、すべてを手に入れることができる、
すべてを彼《かれ》に差しだし、ともに笑いとばす権利《けんり》が、
自分にのみあるのだと思いこんでいた。

わたしが欲《ほっ》しているのは、体を貫《つらぬ》くようなまばゆい閃光《せんこう》だけなのだ

目が回るほど。
息が止まるほど。
震《ふる》えるほど――……。

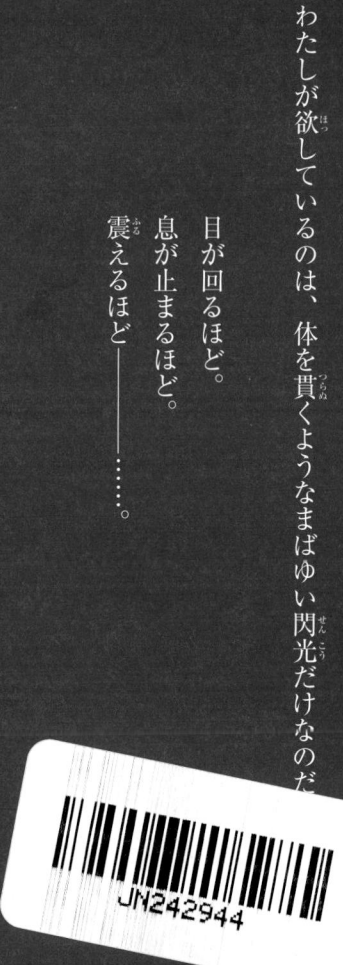

ゴオオォオォオォオ

挿絵……………ジョージ朝倉（別フレKC『溺れるナイフ』より）

装丁……………飛弾野由佳（金魚 HOUSE）

小説

Novel Oboreru Knife

映画 溺《おぼ》れるナイフ

原作 ジョージ朝倉

脚本 井土紀州／山戸結希

著者 松田朱夏

K·K bunko

目次

Novel
Oboreru
Knife

序章

十五歳《さい》、世界の始まり

「うわーっ！　おじいちゃんち来たー――っ!!」

はしゃぐ弟の竜太《りゅうた》の声で、夏芽《なつめ》は目を開けた。

「この橋見えると、おじいちゃんち、って気がするよな。」

ハンドルをにぎる父の声も、心なしか弾《はず》んでいる。

夏芽たち家族を乗せた車は、今まさに、赤い大きな鉄橋に差しかかろうとしていた。

「なんかまだ信じられないよ……あたし、旅館の女将《おかみ》なんてできるのかなぁ。」

助手席で母は、父に向かっておどけたように言う。

「だいじょうぶだいじょうぶ。母さん美人だからなんとかなるさ。」

父もまた、明るく笑った。

でも、夏芽は一緒《いっしょ》に笑う気持ちにはとうていなれない。

「なあ、夏芽。」

同意を求める父の声を無視《むし》し、窓《まど》の外に目をやる。

広い広い河口《かこう》。そしてその向こうに続く海。

少し開けた窓から吹《ふ》きこんでくる風は、もう潮《しお》のにおいがしていた。

ただ遊びに来ただけなら、弟と同じように、はしゃいでいたかもしれない。

でも――。

この橋を渡《わた》れば、もう元の生活にはもどれない。

そのことが夏芽を絶望的《ぜつぼうてき》な気分にさせる。

「なんだ、まだふてくされてるのか。」

父はちょっとムッとして言う。

「だって、わたし……。」

「しょうがないだろ？　おじいちゃんだってもうトシなんだし、『あづまや』をひとりで任《まか》せられないよ。」

『あづまや』は、父の父、つまり夏芽の祖父《そふ》の鉄男《てつお》が経営《けいえい》している小さな旅館だった。

数か月前に祖父が体調を崩《くず》して入院したことをきっかけに、父は夏芽に断《ことわ》りもなく、田舎《いなか》にもどって旅館を継《つ》ぐことに決めてしまったのだ。

「…………」

ふくれたままの夏芽に、父はさとすように言う。

「夏芽。父さんはもともと、芸能《げいのう》活動には複雑《ふくざつ》な気持ちだったんだよ――年ごろの女の子がさぁ……。」

「あら、年ごろの女の子にしかできないことじゃない。それに夏芽はお仕事が好きだったのよ。」

母が、ねぇ、と夏芽を振《ふ》りかえる。

今はそんな、わかったような母の言葉もうとましかった。

車は川を渡《わた》り、父の田舎、浮雲町《うきぐもちょう》へと入っていく。

背後《はいご》には深い山がせまり、そして目の前には海が広がる。

小さな、小さな町。

夏芽は膝《ひざ》を抱《かか》え、また目を閉《と》じる。

中学三年の五月に、東京《とうきょう》から五時間もかかる田舎《いなか》に転校。

ありえない。

まぶたの裏《うら》には、東京のたくさんの友だちの顔と同時に——彼女《かのじょ》が好きで好きでたまらなかった、フラッシュの閃光《せんこう》がよみがえってくる。

小学校六年生のとき、気まぐれで応募《おうぼ》した、少女向けファッション誌《し》の読者モデル。

流行の最先端《さいせんたん》の衣装《いしょう》を着て、メイクをして、ポーズを取って。

それらが強く夏芽の心をとらえていたことを、今さら思いしらされる。

大人たちにちやほやされるとか、道を歩いていて同い年ぐらいの女の子たちから憧《あこが》れの目を向けられるとか、そういったことだけではなく。

あの——カメラの前に立つときの緊張感《きんちょうかん》。

プロの大人たちの真剣《しんけん》なまなざしにさらされる高揚感《こうようかん》。

それらが、無数のフラッシュになって、夏芽の体を貫《つらぬ》く瞬間《しゅんかん》が、たまらなく気持ちよかった。

少なくとも、これからの生活に、それに代わるようななにか——体を貫《つらぬ》くようななにかが待っているとは、夏芽にはとうてい思えなかった。


「それでは、『あづまや』のますますの発展《はってん》をねがって、かんぱーい！」

「かんぱーい！」

祖父《そふ》の音頭《おんど》で、宴会場《えんかいじょう》いっぱいの大人たちが、いっせいにビールを飲みはじめる。

宴会場の床《とこ》の間《ま》には、

【歓迎《かんげい》！　お帰りなさい望月家《もちづきけ》の皆様《みなさま》　ようこそ浮雲町へ】

と、油性《ゆせい》ペンで書かれた模造紙《もぞうし》がかかげられていた。

父は、久《ひさ》しぶりに会った同級生たちに囲まれ楽しそうだ。

母も、この旅館の新しい女将《おかみ》として、あちこちのテーブルをお酌《しゃく》して回り、忙《いそが》しくしている。

弟の竜太は、もうすっかり近所の子どもたちとうちとけて、広い宴会場《えんかいじょう》を走りまわっていた。

つぎつぎ開けられるビールや日本酒のにおい。ちゃぶ台に並《なら》べられた大皿の料理。

夏芽は、うんざりした気持ちで、それを見る。

郷土料理《きょうどりょうり》はどれも、味が濃《こ》すぎたり甘《あま》すぎたりして、口に合わなかった。

「キレイんなったねぇ。」とか、「おばちゃんのこと覚えちょる？」とか。

いろいろな大人たちに話しかけられるが、その方言も耳になじまない。

やがて、すっかり酔《よ》っぱらっただれかが手拍子《てびょうし》を打ち、聞いたことのない歌が始まった。

大人たちは笑いくずれ、真っ赤な顔で歌っている。

夏芽はいたたまれなくなり、そっと立ちあがって、早足で宴会場を出た。

靴《くつ》やサンダルで足の踏《ふ》み場《ば》もない旅館の玄関《げんかん》を抜《ぬ》けると、もう海のにおいがした。

太陽は山《やま》の端《は》に近づき、少しずつうす暗くなってきている。

ぶらぶらと海辺に向かって歩く。

途中《とちゅう》、だれともすれちがわない。静かで、ただ静かで、波の音だけが近づいてくる。

振《ふ》りかえると、後ろはすぐに山で、もう濃《こ》い影《かげ》にしか見えない。

のしかかってくる深い影。

怖《こわ》い。

いてもたってもいられなかった。

このまま、自分はここの人になるのだろうか。

慣《な》れてしまえばいいのかもしれない。

でも、自分はもう、竜太のように無邪気《むじゃき》になれない。

つかみかけていたものが、ぜんぶ消えていく。

坂道を下っていくと、下にだれもいない小さな砂浜《すなはま》が見えた。

夏芽は、そこへ下りる道を探《さが》す。

舗装《ほそう》された道を外れ、小石だらけの土手に上がると、ふいに『立入禁止《たちいりきんし》』という札が目に飛びこんできた。

「…………」

たぶん下へと続いているのに、そこは杭《くい》が打たれ、鉄線が張《は》りわたしてある。

【立入禁止《たちいりきんし》　神さんが見てる！】

鉄線にぶらさがった看板《かんばん》には、そんな文字と、ふたつの目玉の絵。

（……なにが神さんよ。バカバカしい。）

今日の父と母は、知らない人のように思えた。はしゃぐ弟も。

だれも夏芽のことを見もしない。

夏芽は、鉄線をまたぎこえた。

土手を下りると、やはりその下は、あの砂浜《すなはま》だった。

もう日が沈《しず》んでしまった。どんどん暗くなってきている。

小さな弧《こ》をえがいて続く砂浜。

打ちよせてくる波の音が、巨大《きょだい》な生き物の鼓動《こどう》のように聞こえる。

昼間は澄《す》みきって見えた海も、今は黒々と沈んで、波頭が怪物《かいぶつ》の鱗《うろこ》のようだ。

（気持ち悪い……。）

泣きそうになる。

こんなところ夏芽は知らない。

ここは自分のいる場所じゃない。

歯を食いしばり、息を吸《す》いこんだとき。

バシャ、と、水音がした。

波の音とは明らかにちがう、生き物がたてる音だ。

顔を上げ、耳を澄《す》ます。

砂浜《すなはま》は少し先で、海に浸食《しんしょく》され砂州《さす》のようになっていて、その手前に小さな赤い鳥居《とりい》が立っていた。

その向こう側はもう砂浜ではなく、ごつごつとした岩場が続いている。

その岩場に、だれかがいた。

だれかが泳いでいる。暗い波間に漂《ただよ》っている。

金色の髪《かみ》が光っている。

夏芽はサンダルで歩きづらい岩場を上り、彼《かれ》の顔を見ようとした。

そう。人影《ひとかげ》は少年だった。

たぶん、夏芽と同い年くらいの。

ふと——少年は波間から顔を上げた。

目が合う。

ずっと続いていた波の音が、とつぜん消えたように思った。

少年は、身軽に岩場へと上がってくると、夏芽に駆《か》けよってきた。

挑戦《ちょうせん》するようなほほえみを浮《う》かべながら、少年は夏芽の顔をのぞきこむ。

「おまえ、『あづまや』の孫か。」

「………。」

真っすぐな視線《しせん》に射貫《いぬ》かれたように、夏芽はその場にへたりこんでしまう。ただうなずくことしかできなかった。

少年は、右手の手首に数珠《じゅず》を巻《ま》いていた。その手には目の粗《あら》い網《あみ》がにぎられている。

網の中では、なにか大きなものがうごめいていた。

伊勢《いせ》エビだ。

「――だれにも言うなよ。」

少年はそう言って笑い、夏芽の足元に網を投げだす。

「……！」

生まれて初めて見る生きた伊勢エビに息をのんでいるうちに、少年は、風のように岩場を駆《か》けさっていった。

「ちょっと……。」

見回しても、もう少年の影《かげ》はどこにもない。

夏芽は、呆然《ぼうぜん》としながらつぶやいた。

「〝神さん〟だ——……。」

だって、光っていた。

彼《かれ》はたしかに、内側から発光しているように見えた。

「〝神さん〟の使いだ——……。」

夏芽はいつまでも、その場に座《すわ》りこんでいた。

一　引力

「望月夏芽《もちづきなつめ》です。よろしくおねがいします。」

次の日。

初めて転校先の海渡《かいと》中学に登校し、教壇《きょうだん》の前でぺこりと頭を下げた夏芽を、クラスの女子生徒たちの黄色い歓声《かんせい》が包みこんだ。

「『プラム』の夏芽ちゃんじゃ！」

『プラム』は、夏芽がモデルをしていたファッション誌《し》の名前である。

「ほんまじゃ！　本物じゃ！」

「かわいい！」

校則《こうそく》に合わせて長い髪《かみ》をふたつに分け、きっちりとしばった夏芽は、それでもやはり、地元《じもと》の少女たちとはまるでちがって見えるようで、夏芽のことを知らない男子生徒たちも、ぽかんとした顔で見とれている。

「静かに！　望月は、はよぅ席に着け。」

担任《たんにん》が困《こま》ったような声で言う。夏芽は集中する視線《しせん》をあいまいな笑顔《えがお》でかわしながら、指定された席に向かって歩きだした。

――ふと目が留《と》まり、息をのむ。

窓《まど》ぎわのいちばん後ろの席――夏芽の席のななめ後ろに、あの少年がいた。

間違《まちが》いない。金色の髪《かみ》。整った顔立ち。だるそうに、窓に寄《よ》りかかって目を閉《と》じている。

夏芽が席に座《すわ》っても、少年は目を開かない。

（………）

眠《ねむ》っているのだろうか。

「ほい、もう授業始《じゅぎょうはじ》めっぞ。」

担任《たんにん》が言い、教室がやっと静かになる。

夏芽は、それでも気になって、そっと振《ふ》りかえる。

「……！」

目が合った。

けれども、少年はニコリともせず、また目を伏《ふ》せてしまった。


「なあなあ、モデルってどんなんしよるん。芸能人《げいのうじん》とかにも会うんじゃろ？」

「うん、会うよ。」

次の休み時間。夏芽はクラスメートの女子たちにさっそく取りかこまれ、質問攻《しつもんぜ》めにあっていた。それを見て、男子たちも寄《よ》ってくる。

「なあ、おまえ、雑誌《ざっし》に出ちょるってホンマか？」

大柄《おおがら》な少年がたずねる。名札には「大友《おおとも》」と書かれていた。

女子のひとりが、夏芽が表紙を飾《かざ》っている今月号の『プラム』を広げて、大友に見せた。

「これじゃこれ。」

「うおー、ホンマじゃや。芸能人《げいのうじん》じゃや。」

大友は素直《すなお》に感心した声をあげる。

「いや……でも、もうやめたから……。」

えーっ、なんで、もったいないー、と女子たちがさけぶ。

だが、夏芽は、そんな女子たちや、すげえすげえとつぶやきながら雑誌をめくる大友より、その後ろに座《すわ》っている、あの金髪《きんぱつ》の少年が気になってしかたなかった。

少年は、ちやほやされる夏芽にも、騒《さわ》いでいるクラスメートたちにも、まるで関心がないようだった。あいかわらず、だるそうな顔で窓《まど》にもたれかかったままだ。

「あの……夏芽ちゃんて、『あづまや』に引《ひ》っ越《こ》してきたんじゃろ。」

今までだまっていた、真後ろの席の女の子が、思いきったように夏芽に話しかけてくる。

「あ、うん。」

女の子はまぶしそうに夏芽を見つめる。

そういえば自己紹介《じこしょうかい》のときから、人一倍熱心に自分を見ていたな、と夏芽は思いだした。

髪《かみ》を校則《こうそく》どおりのふたつ分けにし、少しぽっちゃりとした、地味で純朴《じゅんぼく》そうな子だった。

「うち、松永《まつなが》カナっていうんじゃ。『あづまや』の近所じゃけん、これからよろしくね。」

「あ、うん、よろしく。」

返事をしながら、夏芽はまた、あの少年に視線《しせん》をもどす。

ちょうどそのとき、大友が、『プラム』を彼《かれ》に向かって差しだした。

「なあコウ。これ見てみ。」

コウ、と呼《よ》ばれた少年は、面倒《めんどう》くさそうに雑誌《ざっし》を受けとり、ページをめくる。

夏芽は息をつめる。

彼《かれ》の目に、自分はどう映《うつ》るのだろう。

彼は——なんと言うだろう。

コウは、しかし、本当に興味《きょうみ》もなさそうに雑誌をぱらぱらとめくりながら、残酷《ざんこく》な言葉をはいた。

「やめたっちゅうより、どうせ、体《てい》よく切られたんじゃろ。」

その場の空気が固まる。

「こんなん、都合のええ替《か》えなんぞ、うじゃうじゃおるやろ。」

コウはうすく笑うと、立ちあがりざま、雑誌をカナの机《つくえ》に放りなげた。そしてそのまま教室を出ていこうとする。

「ねぇ、ちょっと！」

さすがにムッとして、夏芽は彼を追うように立ちあがった。

うるさそうに振《ふ》りむいた彼をにらみつける。

「昨日は伊勢《いせ》エビありがと。でも――あの鳥居《とりい》のある場所、ホントは海に入っちゃいけないんでしょ。」

夏芽にしてみれば、ちょっとした、しかえしのつもりだった。

だが、その言葉で、大友もカナも顔色を変えた。

「コウ！　おまえ、また神さんの海入ったんか！　俺《おれ》の父ちゃん、今、漁に出とるんぞ！　なんかあったらどうするんじゃ！」

大友がさけぶ。まわりの女子も男子も、コウを囲んで責《せ》めはじめた。

「コウちゃん、たたられるよ！」

「この前釣《つ》り客《きゃく》があそこ荒《あ》らしたとき、海が大荒れんなったたん知っちょろうが！」

夏芽は、その深刻《しんこく》そうな様子に呆然《ぼうぜん》とする。

しかし、コウは、右手の手首にはめた数珠《じゅず》をいじりながら、へらへらと言った。

「おうおう、そうじゃのう。たたられてしまうわ。おまえらは行ったらあかんぞ。」

そしてそのまま、彼《かれ》はふらりと教室を出ていってしまう。

はぁ、と、大友は息をはき、夏芽に向きなおった。

「……転校生。おまえも行ったらあかんぞ。」

「……みんな、信じてるの？　その……たたり、とか。偶然《ぐうぜん》じゃない？」

夏芽が言うと、カナが困《こま》ったように言う。

「よその人に説明するのは難《むずか》しいけどのう……神さんがおるか、おらんかっちゅうのは。」

「おる、おらんの問題じゃのうて。」

大友が、少し強い口調で、夏芽に言いきかせるように言った。

「この町のもんは、みんな大事にしとるんじゃ。じゃからおまえももう近づいたらあかんぞ。」

「……ふぅん。」

うなずいてはみたものの、夏芽はなんだかバカバカしくなった。

なにが神さんだ。

（そりゃたしかに、昨日は〝見た〟気もしたけど。）

だけど、こうして昼間の教室で会ったら、別にどうってことない、田舎《いなか》のクソガキではないか。

光って見えたのは目の錯覚《さっかく》。

あの、ほとんど白に近いぐらいに染《そ》めた金髪《きんぱつ》のせい。

それだって、黒髪《くろかみ》ばかりのこの田舎《いなか》で、ちょっと目立つだけ。

たしかに顔は整ってるけど、あんなの東京《とうきょう》に行けばいくらでもいる。

いくらでも――いる。

(なにが〝よその人に説明するのは難《むずか》しい〟だよ。)

夏芽はふくれながら、席に着いた。

どうせわたしは、よその人ですよ。


よその人、だから、神さんなんて怖《こわ》くない。

夏芽は、学校から帰ると、またあの『立入禁止《たちいりきんし》』の浜《はま》に下りた。

(ねぇ〝神さん〟。ホントにいるなら、都会のネオンより美しいものを見せてみてよ。この浮雲町《うきぐもちょう》を、いっぺんに愛せるぐらいのなにかを――……。」

「……ふーん。」

砂浜《すなはま》に立って夏芽は呆《あき》れた。

そこに、あの少年――コウ、こと、長谷川航一朗《はせがわこういちろう》が仰向《あおむ》けに寝《ね》そべっている。

「まったく、口の軽い女やのう。」

近づいてくる夏芽に気づいたのか、コウは言った。

「だれにも言うな、ちゅうたろうが。」

しかし、別に本気で怒《おこ》っているようにも見えない。夏芽はコウのまわりを歩きまわりながら、その顔をのぞきこむ。

「あんたは信じてないんだね、神さん。」

「あ？」

「信じてないから、ここにいるんでしょ？」

そう言うと、コウは笑った。

「信じるもなにも——おるし。」

「え？」

意外な言葉に、夏芽は一瞬《いっしゅん》立ちどまる。

「神さんはフツーにおるわ。」

コウは、まるで当たり前のように言う。

「……じゃあ、なんで海に入ってるの？」

コウは答えない。夏芽は笑った。

「あっ、わかった。退屈《たいくつ》なんでしょ——ここ、なんもないもんね、ど田舎《いなか》すぎてさぁ。」

足を止め、海をながめる。

どこまでも青い海。海。海。でもそれだけ。

べたつく潮風《しおかぜ》。磯《いそ》の生ぐさいにおい。

たまにならいいけど、ずっとこれからここで——死ぬまで？

「そうやって、スリル味わってるんだ。なにか起こるの待ってるんでしょ。」

それは、なんかわかる、と夏芽は思った。

そもそも夏芽だって、最初にモデルに応募《おうぼ》したときの動機はそんなものだった気がする。

なにか起こらないか。平凡《へいぼん》な毎日を変えるなにかが。

そしてまた、今こうやって、コウにつっかかっているのも同じ。

なにかが起こるのを待ってる。期待している。

「ほうじゃのう。」

コウは否定《ひてい》しなかった。

「人生、これたしかにヒマつぶしじゃ。」

急に悟《さと》ったようなことを言いだす。

なんだかバカにされたような気がして、はぁ？　と顔をしかめると、コウは笑いながら立ちあがった。

「こっち来てみぃ。ええもん見せたる。」

そう言ってすたすたと歩きだす。

夏芽はつられるようにして、彼《かれ》の後ろをついていった。

コウは、身軽に浅瀬《あさせ》の岩から岩へと跳《と》びうつり、夏芽を磯《いそ》の先まで連れだした。

「わぁ……。」

まるで、自分が海の真ん中に立っているように感じられて、夏芽は息をのむ。

浮雲町のあたりの海岸は複雑《ふくざつ》に入りくんでいて、左右には切りたつ崖《がけ》と、波間から顔を出すいくつもの大きな岩が見えている。

そのあいだを縫《ぬ》って流れこんでくる潮《しお》の流れは少しずつ色がちがい、濃《こ》い青から緑、水色と帯のように渦巻《うずま》いていた。

午後の光がななめに差しこみ、波頭をキラキラと光らせる。

「……キレイ。」

思わずつぶやいた夏芽の耳のそばで、コウがいきなり大声を出した。

「ほうじゃのう。キレイじゃ！」

「えっ⁉」

次の瞬間《しゅんかん》。

コウに背中《せなか》を突《つ》きとばされ、夏芽は彼《かれ》ともつれあうようにしながら海に落ちた。

そこはもう背も立たない深みで、夏芽は一瞬《いっしゅん》で深い青に包まれる。

「――……!!」

もがけばもがくほど、ワンピースが足にからまる。

白く光る泡《あわ》。泡。泡。


コウが、さらに夏芽を沈《しず》めようとしてくる。

彼は笑っている。

その手が首に触《ふ》れた。深みへ押《お》しやられる。

息が持たない――気が遠くなりそう。
でも……どうしてだろう。
コウが――光っているように見える。
それは、とても美しくて――そう、まるで。

まるで――……。

いきなり、今度は波間に引きあげられた。

必死に息を継《つ》ぎ、潮水《しおみず》にむせながら、夏芽は我《われ》に返ってもがく。

コウを突《つ》きとばし、彼《かれ》から離《はな》れようとする。

けれど海に慣《な》れているコウにはとうていかなわない。


コウは笑っている。

「これでおまえも、たたられてしまうのう！」

「なによ！　あんただって……！」

手を振《ふ》りまわしてコウをたたくが、まるで相手にされない。

「俺《おれ》はええんじゃ！　ここの海も山も、俺は好きに遊んでええんじゃ！」

「なに、そのゴウマンな……。」

もう立ち泳ぎにも疲《つか》れて沈《しず》みそうになった夏芽の腕《うで》を、やっとコウがつかんだ。そしてそのまま、陸へと引いていく。

岩にすがりつき、息を切らしてにらみつける夏芽に、コウは言う。

「この町のもんは、ぜんぶ俺《おれ》の好きにしてええんじゃ。」

「………」

急に恐《おそ》ろしいような気持ちになって、髪《かみ》に触《ふ》れようとするコウの手を思わず払《はら》いのけると、コウは、ははっ、と笑った。

「おまえが退屈《たいくつ》やっちゅうから、遊んでやったんじゃ。」

そう言うと、夏芽をそこに残したまま、また海へと泳ぎだした。

夏芽は放心したように、波間に遠ざかっていくコウの姿《すがた》を見送る。

西日が差して、波頭を──そして、コウを光らせる。

(ううん……ちがう。)

やっぱり、コウ自身が発光しているように思えた。

(どうして、彼《かれ》だけが光って見えるの──……。)

抜《ぬ》き手《て》を切って泳ぐ、その彼の右手首に巻《ま》かれた数珠《じゅず》。

夏芽は、さっきコウが触《ふ》れた自分の喉《のど》に手をやる。

焼きついて——熱い。

（わたし——おかしい…………。）

二　あせり

翌日《よくじつ》、コウは学校に来なかった。

「あいつ、今日休みなの？」

休み時間に、カナにたずねると、となりの席から体を乗りだして大友《おおとも》が笑う。

「コウは自由人じゃけぇのう。」

「……コウちゃんは、ここらをしきっとる長谷川《はせがわ》さんちの跡取《あとと》りじゃけん。」

カナはなぜか少し自慢《じまん》げな顔で答えた。

「ああ、だからあんなワガママなんだ。」

夏芽《なつめ》は肩《かた》をすくめる。

『ここの海も山も、俺《おれ》は好きに遊んでええんじゃ。この町のもんは、ぜんぶ俺の好きにしてええんじゃ。』

昨日彼《かれ》が言っていたのはそういうこと。

「ようするに、親の七光りってことか。」

カナは、困《こま》ったようにもじもじと言った。

「よその人にはわからんかもしれんけど、いろいろあるんじゃ——今日休みなんも、たぶん……。」

「たぶん?」

「火祭りの準備《じゅんび》しちょるんじゃ。」

「火祭り、って?」

「おまえ、知らんのか。旅館の子じゃろ。」

大友が笑いながら話に入ってきた。

「秋に大きなお祭りがあるんよ。長谷川さんちが代々守っとる神社のお祭りでの。」

「……そうなんだ。」

そういえば、昔、父からそんなことを聞いたかもしれない。

「ここらでは有名なお祭りじゃけん、観光客もいっぱい来るんじゃ。おまえんとこの『あづまや』も、そのころは忙《いそが》しいぞ、きっと。」

「……へー……でも、それと、あいつと、どういう関係があるの？」

カナが、うれしそうに答える。

「そのお祭りで男衆《おとこしゅう》がかぶるお面は、長谷川の男の人が作るんじゃ。長谷川さんちは、神さんに近いもんの血ィが流れちょるけんね。ようさん作るけ、今から準備《じゅんび》せないかんのよ。」

「……へー……。」

気の抜《ぬ》けたような返事をしながら、夏芽は、コウの席を見やった。

神さんに近い者の血が流れている——……。

そんなの迷信《めいしん》に決まっている。

でも。

(神さんはフツーにおるわ。)

(ここの海も山も、俺《おれ》は好きに遊んでええんじゃ。)

そう言って笑った彼《かれ》は、たしかに光りかがやいて見えた――……。

(悔《くや》しい――……。)

なぜだろう。そんな気持ちがわきあがる。

(わたしだって――わたしだって。)

光りかがやいていたい。

ここに来てからずっと、夏芽は夏芽じゃないみたいだ。

(わたしも、あいつに、スゲーって言わせてやりたい。)

ダサいヘルメットをかぶって、自転車に乗り、学校を出る。

田舎道《いなかみち》を、お下《さ》げ髪《がみ》をなびかせながら走る。

どうやったら、コウに勝てるのか。

この土地に望まれて、守られている少年。

深い緑の山。青く渦巻《うずま》く海。

その力こそが、彼《かれ》が光りかがやいて見える理由ならば。

（わたし――どうすればいい？）

この土地にいるかぎり、自分に勝ち目なんかないじゃないか。

家への坂道、必死でペダルをこいでいると、とつぜん、ポケットに入れていたスマホが鳴りだした。

「……？」

自転車を降《お》り、スマホの画面を見る。モデルの仕事をしていたときの事務所《じむしょ》からだ。

「……もしもし？」

「もしもし？　夏芽ちゃん？　荷物届《とど》いてる!?　昨日送ったんだけど。」

久《ひさ》しぶりに聞いたマネージャーの土居《どい》の声は、ひどく興奮《こうふん》していた。

「えっ……いや、今わたし、学校から帰る途中《とちゅう》で……家には届いてるかもしれません。」

土居は、なんだ、と少し残念そうに言い、それからまた声を張《は》りあげた。

「あのさ、写真集を出さないかって話が来たんだ！」

「写真集……？　わたしのですか？」

どきん、と心臓《しんぞう》がはねた。

「そう！　それが、広能晶吾《ひろのうしょうご》さんなんだよ！」

「ヒロノウショウゴ……？」

首をかしげる夏芽に、彼《かれ》は責《せ》めるように言った。

「知らないの!?　世界的なカメラマンで映画監督《えいがかんとく》の……彼に撮《と》ってもらえるなんてすごいことなんだよ！」

「いや……でもわたし……。」

とまどいながらも、胸《むね》の高鳴りが抑《おさ》えきれない。

「とにかく！　広能さんの写真集送ったから！　見ておいて！　近いうちに僕《ぼく》と広能さんでご挨拶《あいさつ》に行くから！　それまでにご両親説得して！」

そう言って、電話は切れた。

早足で自転車を押《お》して坂道を駆《か》けあがり、飛びこむように『あづまや』に入る。

「おかえり夏芽。東京《とうきょう》から荷物届《とど》いてたぞ。」

玄関先《げんかんさき》で水まきをしていた祖父《そふ》が言った。

「どこに置いた!?」

「仏間《ぶつま》に置いてあるわ。」

足をもつれさせながら玄関から廊下《ろうか》を走って仏間に入ると、ちゃぶ台の上に段《だん》ボール箱《ばこ》が載《の》っていた。

夏芽はガムテープを引きちぎる。中には大判《おおばん》の写真集が何冊《なんさつ》も入っていた。

取りだして、開く。

美しい女性《じょせい》の写真が目に飛びこんできた。

夏芽が今までに撮《と》ってきた、ファッション雑誌《ざっし》のグラビアとはまったくちがう。

光の当てかたも。構図《こうず》も。

いどむような視線《しせん》の女。

あふれる色彩《しきさい》。濃《こ》い影《かげ》。

ゆらめく空気さえ写っている気がした。

「…………」

すごい。

夏芽には、芸術《げいじゅつ》なんてよくわからないが、これが美しいということはわかる。

どうしても目が離《はな》せない、なにかの力に吸《す》いよせられるような。

夢中《むちゅう》でページをめくっていると、着物姿《きものすがた》の母が入ってきた。

「土居さんからの荷物、なんだったの？　……写真集？」

のぞきこんでくる。

「この人が、わたしのこと撮《と》りたいんだって。」

「……広能晶吾!?」

母は、ちゃぶ台に出してあった本を手に取りながらさけんだ。

「すごいじゃないの夏芽！　広能晶吾に目をつけられるなんて！」

「……すごいんだ。」

夏芽は別の写真集を手に取る。

裸《はだか》の女性《じょせい》が見開きで横たわっていた。

「うわ……。」

思わず声を出してしまった。母も苦笑している。

「すごいね。」

(でも、キレイ……。)

見入っている夏芽に、母は笑った。

「そうねぇ。若《わか》くてキレイなうちに撮《と》ってもらうのもいいかもね。」

「ヌードを!?」

おどろく夏芽の肩《かた》を、母は軽くたたいた。

「冗談《じょうだん》よ！」

「……お母さん、わたし……。」

肩ごしに母を見て口ごもる夏芽に、母は真顔になった。

「……やってみたいんでしょう。」

「……うん。裸とかはイヤだけど……でも……。」

この人の力を借りれば。

もしかしたら、わたしもまた光りかがやけるかもしれない。

あの、神さんに愛された子に負けないぐらい、強く。

あの少年を見返してやれるかもしれない。


『どうせ、体《てい》よく切られたんじゃろ。』

そんなことない。

『都合のええ替《か》えなんぞ、うじゃうじゃおるやろ。』

そんなことない。


「……母親のあたしが言うのもなんだけど、キレイな子よあんたは。」

母は、急にしみじみと言った。

「あたしも女将《おかみ》さんにあきてきたけど、あんたはもっとよね……一緒《いっしょ》に東京に残ったほうがよかったかもしれないわ。」

「お母さん……？」

おどろいて聞きかえす。母はまた、冗談《じょうだん》よ、と笑ったが、

「写真集、受けるかどうかはともかく、お話は聞きましょう。お父さんにはとりあえず内《ない》緒《しょ》にしておけばいいわ。」

そう言って片目《かため》をつぶった。


夏休みに入ってすぐ、広能晶吾は、土居と一緒《いっしょ》に浮雲町《うきぐもちょう》にやってきた。

町を見おろす高台に建つホテルのラウンジに現《あらわ》れた広能は、いかにも芸術家《げいじゅつか》らしい、ぼさぼさの長髪《ちょうはつ》に無精《ぶしょう》ひげを生やした男だった。思ったより若《わか》く、四十代ぐらいに見える。

「ここに引《ひ》っ越《こ》してきたんだね。」

席に着くなり、広能は夏芽に話しかけた。

「はい……今は。」

「今は、か。」

広能は笑った。

「じゃあ、これからはどこに行くの、望月《もちづき》さんは。」

「……東京です。」

思わず答える。母が困《こま》ったように夏芽を見たが、広能はやはり笑っている。

「もどりたいんだ？」

「……ここには、居場所《いばしょ》ないんで。」

「でも、『プラム』の表紙でもそんな顔してたよ、きみは。」

「……そんな顔、って。」

「心ここにあらず、っていうか。なんでわたし、ここにいるの？　っていうか。」

意味がわからない。夏芽は聞きかえした。

「あの……なんでわたしなんですか。ほかにもキレイな子いっぱいいるでしょ。」

「うん。」

広能は、ソファの背《せ》にもたれながら言う。

「きみは、カメラの前でないと呼吸《こきゅう》できないでしょ。」

「…………」

土居は、さすが広能さんだ、と手を打っている。母はあいそ笑いをしている。

夏芽は意味がわからなくて、目をそらしクリームソーダをすすった。

広能は笑う。

「夏芽ちゃんさ。いい写真撮《と》って、もっと遠くまで行ってみようか。」

広能の言うことは、やはりよくわからなかった。

でも。

コウに、すごいと言わせたかった。

「よろしくおねがいします。」

そう言って、夏芽は広能に頭を下げた。

三

予感

「いいよ、夏芽《なつめ》ちゃん、目線こっち。」

広能《ひろのう》の構《かま》えたカメラからシャッター音が響《ひび》く。

夏芽の耳にはなじんだ音。でも、長いあいだ聞いていなかった音。


写真集の撮影《さつえい》は、この浮雲町《うきぐもちょう》で行われることになった。

広能が、ここにいる夏芽を撮《と》りたいと言ったのだ。

メイクやスタイリスト、広能のアシスタントたち数人のスタッフがやってきて、夏芽を海岸や、山に連れまわした。

「……東京《とうきょう》で撮るのかと思ってました。」

夏芽が言うと、広能は笑った。

「この前、夏芽ちゃん言ったでしょ。ここには居場所《いばしょ》がないって。」

「…………」

「それが、なんかいいと思ったんだよね。たしかに、こうやって見ても、夏芽ちゃんこの風景から浮《う》いてるし。」

ファインダーをのぞきこみながら、広能は言う。

パシャパシャ、パシャパシャ、と連写の音。

「居場所がない子というか。そういうバランスの悪さが撮《と》りたいなって――よし、少し休《きゅう》憩《けい》しようか。」

ここは、浮雲町を見おろす山の中腹《ちゅうふく》だった。夏芽も初めて上ってきた場所だ。

そこには神社がある。こぢんまりとした社《やしろ》と、その脇《わき》の小屋しかない小さな神社だったが、きちんと整備《せいび》されて、静かで美しかった。

社に手を合わせてから、その境内《けいだい》で休憩を取る。

広能は夏芽に言った。

「ねぇ、この神社の由来、知ってる？」

「……知りません。」

「ホテルのパンフで読んだんだけど、この山の神さまって、すごい醜女《しこめ》なんだって。」

「しこめ？」

「醜《みにく》い女の人のこと。だからすごく嫉妬《しっと》深くて、昔はこの山に女の人が入ると天災《てんさい》が起こってたいへんだったんだってさ。」

「……へぇ。」

「だけどあるとき、ある若者《わかもの》が、どんな醜女でも月明かりの下なら美しく見えるだろうって、いちばん月がキレイに差しこむ場所に神社を建てたら、あらふしぎ。すっかりおだやかな神さまになったらしいよ。」

「……それが、この神社？」

夏芽は境内《けいだい》を見回す。

「そう。だから名前も『月《つき》ノ明《あか》リ神社《じんじゃ》』。それでその女神さまは、今もその若者の一族を守ってるんだってさ。」

「……それ、もしかして、ここの地主の……？」

「そうそう、長谷川《はせがわ》さんっていう。知ってる？」

夏芽は答えなかった。広能は気にした様子もなく、すぐに立ちあがってスタッフに指示《しじ》を出しはじめる。

「夏芽ちゃんの上着替《か》えて。あとなんか小道具も。」

「はい。」

若《わか》い女性《じょせい》のヘアメイク係とスタイリストが、夏芽に駆《か》けよってくる。

「アクセサリーつけてみる？」

スタイリストが箱を開けて、ネックレスや指輪を見せてくれた。あれこれと選んで夏芽の肌《はだ》に当てる。

「あ……数珠《じゅず》。」

中に、小さな赤いブレスレットがあった。

それは――コウが手首につけている黒い数珠に少し似《に》ていた。

「これ？　気にいった？」

スタイリストが夏芽の腕《うで》にはめてくれる。

なんとなく、おそろいのようで。

つまんで、目を細めていると、いきなり近くでシャッター音がした。

広能のカメラが目の前にあった。レンズが夏芽を見つめている。

なにかを見すかされているようで、夏芽は、ムッとしながら言った。

「……裸《はだか》にはならなくていいんですか。」

「脱《ぬ》ぎたいなら脱いでもいいよ？」

広能は、本気かウソかわからない顔で笑う。そのあいだもひっきりなしにシャッターを切りつづける。

「まあ、オッサンの幻想《げんそう》の少女像《しょうじょぞう》を夏芽ちゃんでつくってるわけだから。夏芽ちゃんは自由にしてて。」

「…………」

そのとき。

「痛《いた》っ。」

急に広能が小さくさけんだ。

どこかから小石が飛んできて、彼《かれ》の頭に当たったのだ。

「……！」

振《ふ》りかえると、茂《しげ》みの向こうに人影《ひとかげ》があった。

「あっ!!」

それはコウだった。鋭《するど》い視線《しせん》で広能をにらみつけている。

「ちょっと、なにするんですか!?」

アシスタントがコウに向かって言った。コウは言いかえす。

「ここはうちのもんじゃ。おまえらこそなにやっちょる。」

それから、棒立《ぼうだ》ちになっている夏芽のほうをあごでしゃくる。

「それも、俺《おれ》のもんじゃ。」

「えっ。」

へーえ、と、広能がおもしろそうにつぶやいた。コウはいきなり身をひるがえして、山の中に駆《か》けさっていく。

「待って！　ちょっと待ってよ！」

夏芽は思わず走りだした。コウを追いかける。

山の中を、コウは身軽に駆《か》けぬけていく。

自分の庭のように。

岩を跳《と》んで。

木立のあいだを縫《ぬ》って。

小さな流れを跳びこえて。

「ねぇ！」

ちらり、と夏芽を振《ふ》りかえり、からかうようにくるりと回る。

夏芽の足ではとうてい追いつけない。

息を切らしてへたりこんだ夏芽に一瞬《いっしゅん》だけ目をやって——彼《かれ》はそのまま、山の中に消えていった。

夏芽は、落ち葉の中に倒《たお》れこむ。

(俺《おれ》のもんじゃ。)

どういう意味だ。

もう――わけがわからない。

パシャ、とシャッター音が聞こえた。

目を上げると、広能がカメラを構《かま》えてのぞきこんでいる。

「もしかして、彼《かれ》、〝長谷川〟の子？」

「――そうです。」

広能は、また、へーえ、と笑った。

「なるほど、納得《なっとく》。」

ああ――やっぱりこの人にもわかるんだ。

夏芽は目を閉《と》じる。

うす暗がりの森の中を走っていくコウは、光りかがやいて見えた。

落ち葉の中を転がりながら、夏芽はつぶやいた。

「――わたし、あの子に勝ちたくて、この写真集の話、受けたんです。」

「ふーん。」

広能は激《はげ》しくシャッターを切る。

なぜだろう。コウに見つめられている気がした。

「……勝てるかなぁ。」

「勝ってる勝ってる。」

広能はからかうように言った。

「だって彼《かれ》、きみのこと〝俺《おれ》のもん〟だって。」

夏芽は、広能のレンズを見る。

「だといいけど――……。」

この写真を、コウが見ればいい。

そして――……。


撮影《さつえい》は、思ったより短く終わった。

広能と撮影隊《さつえいたい》は東京へ引きあげていき、退屈《たいくつ》な日々がもどってきた。

ぼんやりと、夏芽は自分の部屋から外を見る。

山から吹《ふ》きおろす風が気持ちいい。

「おーい！」

遠くから声がして、ふと見ると、クラスメートの大友勝利《おおともかつとし》が、自転車にまたがって手を振《ふ》りながらこっちへ向かってくるところだった。

「大友！　魚？」

「おう！　頼《たの》まれて持ってきたんじゃ！」

自転車の荷台に、クーラーボックスがくくりつけられている。大友の父は漁師《りょうし》で、この『あづまや』からの注文を直接《ちょくせつ》受けているのだった。

「ちょっと待って。」

おかあさーん、大友来たよー、と奥《おく》に向かってさけぶと、最近ではすっかり女将《おかみ》の着物《きもの》姿《すがた》が板についた母が玄関《げんかん》へ出てくる。

「まあまあ、ご苦労さま。」

大友からクーラーボックスを受けとり、また奥《おく》へ入っていく母をぼんやり見ていると、大友が顔を上げて夏芽を呼《よ》んだ。

「なあ、ちょっとええか?」

「?」

なんだか内緒話《ないしょばなし》のようなトーンだったので、夏芽も階下に下りて玄関《げんかん》を出る。

「なあ。おまえ、ヌード撮《と》ったてホンマか?」

「はぁ?」

夏芽は顔をしかめた。

「ウワサになっとるよ。なんか撮影《さつえい》してたて……。」

狭《せま》い町なのですぐに話が広まるのだろう。

「ばっかじゃないの! 写真は撮ったけど、裸《はだか》になんかなってません!」

「ほうかー。よかった。」

大友はなぜか、そう言って笑う。

「なにがよ。」

「だってよ、そんなん見てしもたら俺《おれ》、学校で望月《もちづき》と顔合わしたとき、どないしたらええかわからへんわ。」

夏芽は吹《ふ》きだした。

そこへ母がもう一度もどってきた。手にアイスキャンディを持っている。真ん中でふたつに割《わ》れるやつだ。

夏芽にそれを渡《わた》して、笑いながらまた奥へ消える。大友とふたりで食べろということだろう。夏芽はアイスを折って、半分を大友に投げた。

「はい、これ。」

「おうサンキュ。おまえの母ちゃんキレイじゃのう。」

大友の言うことは、いちいち、いかにも中学生の男子らしくて笑ってしまう。

「あんた、年上好きなの？」

「いや、顔が好みなんじゃや。」

「言っとくわ。」

「いや、言わんでええて。」

ちょっとあせるその顔がおかしくて、夏芽はまた笑った。大友も笑う。
本当にふつうの少年の笑顔《えがお》だった。
夏芽は、ホッとしている自分に気づく。
女子からなんとなく浮《う》いている夏芽には、まだ友だちらしい友だちがいない。
ごくふつうに接《せっ》してくるのは、この大友だけかもしれなかった。

四　憧憬《どうけい》

やがて夏休みも終わり、二学期が始まった。

学校はいつもと変わらず退屈《たいくつ》で、コウとはあれきり、ちゃんと口もきいていない。

そろそろ夏服では少し肌寒《はだざむ》い日もまじりはじめたころ。

夏芽《なつめ》の許《もと》に、写真集の見本《みほん》が届《とど》いた。

写真集の題名は、『夏《なつ》の足跡《あしあと》』。

夏芽の横顔をとらえた表紙に、「広能晶吾《ひろのうしょうご》が追いかけた十五歳《さい》の少女の鼓動《こどう》」という帯が巻《ま》かれている。

夏芽は緊張《きんちょう》しながらページをめくった。

「…………」

どのページにも、夏芽がいる。

浮雲《うきぐも》の自然の中にたたずんでいる少女。

どの場所も、どのポーズも、たしかに覚えのあるものだけれど。

……これ、本当に……わたし？


実感がわかない。

たしかにこれが「わたし」だと――まぎれもない十五歳《さい》の「望月夏芽《もちづきなつめ》」だという感じがしない。

（オッサンの幻想《げんそう》の少女像《しょうじょぞう》を夏芽ちゃんでつくってるわけだから。）

広能はそう言った。

そうだ。これは「わたし」ではない。

これは「広能晶吾の作品」であって、「わたし」ではない……。

夏芽は写真集を閉《と》じて、歯を食いしばった。

「こんなんじゃ……届《とど》かないよ……。」


「……夏芽ちゃん、コウちゃん捜《さが》しとるん？」

翌日《よくじつ》。帰りがけに、靴箱《くつばこ》のあたりでうろうろしていると、いきなりカナにそう声をかけられた。

「えっ……いや、そうじゃないけど。」

図星だったけれど、てきとうにごまかす。

「それ……コウちゃんとおそろいじゃね。」

カナは、夏芽が手首にはめている赤い数珠《じゅず》のブレスレットに目をやりながら言った。

「い、いや……これ、撮影《さつえい》で使ったやつで……スタイリストさんがくれたの。色もちがうし、こんなのどこでも売ってるし……。」

「わかっちょるよ。コウちゃんのは特別じゃけぇ。」

あわてる夏芽に、カナは笑う。

「あれはの、先祖代々《せんぞ》この町を治めてきた一族の証《あかし》なんじゃ。だれにでも持てるもんじゃないんよ。」

「……そうなんだ。」

自分から〝おそろい〟とか言ったくせになんなんだ、と、夏芽はちょっとムッとする。

「昔、小さいとき、コウちゃんて、手のつけられん暴《あば》れん坊《ぼう》での。」

カナは上靴《うわぐつ》を脱《ぬ》ぎながら言う。

「ふーん。それっぽいね。」

「夏芽ちゃんが想像《そうぞう》しとるよりずっとひどいと思うで。毎日幼稚園《ようちえん》で大暴れして、友だちに大ケガさせたこともあったんじゃ。うちも海に突《つ》きおとされて沈《しず》められてのう。もうちょっとで溺《おぼ》れて死ぬとこじゃった。そのせいで今もうち、水が怖《こわ》ぁて。」

「…………」

「でも、長谷川《はせがわ》の大巫女《おおみこ》さまが、コウちゃんにあの数珠《じゅず》をくれてから、ぴたっと治まったんじゃ。」

「大巫女さま？」

「コウちゃんの、ひいばあちゃんのお姉さん……じゃったかのう。もう亡《な》くなったけどの。ふしぎな力持っとって、いろんなもの見たり聞いたりしたんじゃて。」

「………」

夏芽の頭の中に、今までに聞いたいろいろな話がぐるぐると回った。

『長谷川さんちは、神さんに近いもんの血ィが流れちょるけんね。』

『その女神さまは、今もその若者《わかもの》の一族を守ってるんだってさ。』

『信じるもなにも――おるし。神さんはフツーにおるわ。』

コウにも――見えているのだろうか。

この土地を守っている、醜女《しこめ》の神さんの姿《すがた》が。

夏芽はカナを見る。

コウの話をしているときのカナは、とてもうれしそうだ。目を細めて、頬《ほお》を赤らめて。

（カナちゃんは、コウちゃんのことが好きなのかもしれない。）

海に突《つ》きおとされて、沈《しず》められて。

あのときのことが自然と重なる。

怖《こわ》かった、とカナは言ったけれど——でも。

もしかして、カナも感じたのではないだろうか。

あの、同じ気持ち。

海の中にいるときの、コウの美しさ。恐《おそ》ろしさ。

なんだかイヤだな、と思いながら、夏芽はカナから目をそらす。

ちょっと太っているカナは、動作ものろのろとしている。脱《ぬ》いだ上靴《うわぐつ》を靴箱に入れながら言う。

「うち——夏芽ちゃんが転校してきたときから、コウちゃんにふさわしいのはこの人しかおらん、って思うとるんよ。」

「はっ⁉」

いきなりなにを言うんだ、と、夏芽がカナのほうに向きなおったとき。

ふたりのあいだを、人影《ひとかげ》が通った。

「あ……。」

コウだった。ふたりを無視《むし》して自分の靴箱《くつばこ》に向かい、さっさと靴をはきかえている。

だが、完全に背中《せなか》を向けていたカナは気づいていない。そのまうっとりと話を続ける。

「コウちゃんと夏芽ちゃんは浮雲一の美男美女じゃけ。コウちゃんは家を継《つ》いで、夏芽ちゃんがお嫁《よめ》さんなら完璧《かんぺき》じゃ。きっとかわいい子どもができるんじゃろうのう……。」

だが、夏芽はもう聞いていなかった。校舎《こうしゃ》を出ていこうとするコウを追いかける。

「あのっ……。」

「なんじゃ。」

ぶっきらぼうに振《ふ》りかえったコウの、整った顔。

人を見下すような目。

負けたくない、という気持ちと、あれでは勝てない、という気持ちをごちゃまぜにしながら、夏芽はさけんだ。

「写真集！　で、きた……！」

最後のほうは結局口の中に消えてしまった。

コウは、それで？　という目で夏芽を見ている。

いたたまれなくなって、夏芽はそのまま走りだした。

コウが追いかけてくる。

夏芽は逃《に》げた。校舎《こうしゃ》を飛びだし、校門をくぐって。


自分でもなにがしたいのかわからない。

どうして逃げるのか。

逃げるぐらいならなぜ、わざわざ声をかけたのか。


町の中を走る、狭《せま》い水路に沿《そ》って夏芽は逃げた。

山からのわき水が浅く流れる水路は、家々のあいだをめぐり、やがて海へとたどりつく。

トンボが群《む》れをなして飛んでいた。

水路脇《すいろわき》の通路を必死に走ったけれど、後ろからコウが追いついてきて、ついに前へと回りこまれてしまった。

もみあっているうちに、水路の中へ引きたおされる。

浅い水場に制服《せいふく》のまま転げおち、夏芽はうめいた。

「見せろ。」

「……やだ。」

びしょぬれで顔を背《そむ》けると、コウはあっさりと夏芽から離《はな》れた。

「あっ。」

倒《たお》れた弾《はず》みで地面に落としたカバンを拾われてしまう。コウはそれを持ったまま、人目につかない物陰《ものかげ》へ歩きだす。

「…………」

もうしかたがない。夏芽も足を引きずりながらついていった。

座《すわ》りこんだコウは、カバンを夏芽に投げてよこす。

しぶしぶ、夏芽はカバンから写真集を出して、コウに差しだした。

引ったくるようにしてそれを受けとると、コウは無言でページをめくりはじめる。

水路の水音と、紙をめくる音だけが響《ひび》く。

「……ホントは、わたしすごいでしょ、って、あんたに見せつけたかったんだよね。」

夏芽はたえきれなくなって口を開いた。

「……でも、なんかさ、それ、わたしじゃないみたいなんだよね……広能さんの腕《うで》で仕上げてもらっただけっていうか……鏡見ても、そんな女の子はいなくてさ。」

はは、と、夏芽は力なく笑った。

コウは、真剣《しんけん》な目で写真集をめくっていたが、やがて言った。

「……これ、おまえじゃろ。」

「……え？」

「おまえ、いっつもこういう目で俺《おれ》のこと見よるぞ？」

「…………」

なぜだろう。急に、なにかがこみあげてきて、夏芽は胸《むね》がつまった。

そうだ――わたし、この写真を撮《と》られているときずっと。

カメラの向こうに、コウがいるような気がしていたんだ――……。

「……わたし……あんたのこと、ずっと近くで見ていたいんだと思う。」

夏芽はつぶやいた。

水路がキラキラとして、トンボが目の前を横ぎっていく。

「あんたのこと怒《おこ》らせたり、勝ったりすれば、少しは近づけるのかなって――よくわかんないけど。」

わけがわからない。涙《なみだ》が流れてきた。

「勝ったら――手に入るのかな、って……。」

「…………」

コウは、それをだまって聞いていたが、自分のナップザックの中から缶《かん》ジュースを取りだして、夏芽に投げてよこした。夏芽はだまって受けとり、プルタブを開ける。

「わっ。」

いきなり泡《あわ》が吹《ふ》きだした。炭酸《たんさん》飲料だ。制服《せいふく》がぬれる。夏芽はあわてて口をつける。

「おまえが走ったからじゃ。」

こぼしながら飲む夏芽をコウは笑った。

「きったないのう。」

怒《おこ》ったフリをして缶ジュースを突《つ》きかえすと、コウはそれを払《はら》いのけた。

そして――いきなり、夏芽の口元をぺろりとなめた。

「…………。」

目を閉《と》じる。

ゆっくり、コウのくちびるが、夏芽のくちびるに重なった。

そのとき――世界が変わった。

五　この輝《かがや》ける世界

夏芽《なつめ》とコウがつきあいはじめたらしい、というウワサは、あっという間に学校中に広まった。

カナをはじめとするまわりのクラスメートたちは、喜んでくれたり、からかってきたり。

たまにはいやがらせもあったけれど、そんなものは夏芽にとってはどうでもよかった。

だって――もう、いちばん欲《ほ》しいものは手に入ったのだから。

コウがいれば、それでいいのだから。

なんて、世の中は素敵《すてき》で。

わたしは、今、無敵《むてき》で――……。


「コウちゃーん!」

今日もまた、夏芽の声が下校時間に響《ひび》きわたっていた。

「コウちゃんなら、さっき帰ったで。」

「なんね、また置いていかれたんけ。」

「ほんまにつきおうちょるんか、おまえら。」

みんながおもしろそうに笑う。

夏芽はヘルメットをかぶり、自転車を飛ばす。

つきあいだしたはずなのに、コウは少しも彼氏《かれし》らしいことをしてくれない。

一緒《いっしょ》に帰ってもくれないし、キスだってあれっきりだった。

通学路の途中《とちゅう》の河原《かわら》で、夏芽はやっと、土手に立つコウの姿《すがた》を見つける。

「コウちゃん！　いた！」

自転車を停《と》めて、土手の階段《かいだん》を駆《か》けおりた。

「もう！　なんで先帰っちゃうの!?　一緒《いっしょ》に帰りたかったのに！」

コウは振《ふ》りかえらない。

夏芽はちょっとムッとして足を止め、気を引くように言った。

「このごろ、ファンだとかいう人が家のまわりうろうろしてたりしてヤなんだよ。ねぇ、彼氏《かれし》でしょ。わたしのこと守っててよ。」

「……自分でまいたタネじゃろうが。」

夏芽はちょっと言葉につまった。

やはり、コウは、芸能界《げいのうかい》とかが好きではないのだろうか。

もしそうなら。

「ねぇ。あのさ、広能《ひろのう》さんがさ、今度映画《えいが》撮《と》るらしくて。」

「…………」

「それで、わたし、声かけられちゃった。出ないかって。」

コウは答えず、ただだまって川に石を投げている。

「……でも、断《ことわ》ろうかな。」

コウが振《ふ》りかえった。

夏芽はそれがうれしくて、階段《かいだん》を弾《はず》むように駆《か》けおり、コウのそばに立つ。

「仕事続けたら、コウちゃんのそばにいる時間、なくなっちゃうし。」

「……おまえはそれでええのんか。」

コウがまた視線《しせん》を川にもどす。

「写真集撮《と》ったら、満足しちゃったんだよね。いちばん欲《ほ》しかったものはもう手に入ったから。」

夏芽が言うと、コウはため息をついた。

「……つまらんのう。」

「えっ!?」

コウは、夏芽から離《はな》れて河原《かわら》に下りた。砂利《じゃり》のあいだにたまった水を跳《と》びこえながら、夏芽から離れていく。

「おまえだけはわかっとると思うとったわ。」

「……は？」

コウは怒《おこ》ったように言った。

「〝美〟っちゅうのはそれ自体が〝力〟じゃけ。力持っとったら、使いたいんちゃうんか。だれに反対されても、おまえはおまえの武器《ぶき》使《つこ》うて、したいようにしよるんかと思うとった。それにともなう覚悟《かくご》もあるんかと思うとったわ。それがおもしろいと思うたのによう。」

「……どういうこと。」

意味がよくわからない。

「……じゃあコウちゃんは、芸能界《げいのうかい》にいるわたしが好きなの？」

「…………。」

コウは答えず、あいかわらず河原《かわら》の石を拾ったりしている。

「それじゃあさ、わたし、やるよ？　わたしどっちでもいいもん。コウちゃんが決めてよ！」

コウは答えない。

水たまりの向こうから夏芽をにらみつけている。

「なんでよ！　コウちゃんわたしのこと好きじゃないの⁉」

好きだからキスしてくれたのではないのか。

「わたし、初めてコウちゃんに会ったとき、キラキラ光って見えて、ホントに〝神さん〟かと思った。コウちゃんにキスされて、世界が変わった。コウちゃんがわたしの世界になったんだよ！　ホントにわたしの〝神さん〟に——……。」

コウは、乱暴《らんぼう》に夏芽に向かって石を投げた。さすがにまともにねらったわけではないらしく、石は夏芽の足元の水たまりに落ちて、激《はげ》しくしぶきが上がった。

「コウちゃん！」

「おまえはキレイじゃけ、俺《おれ》のもんにしたいと思うたけど、もうええわ。」

冷たく言われ、涙《なみだ》がにじんできた。足元の石を拾って投げかえす。

「やだやだやだ！　どうやったら好きになってくれんの⁉　わたし、おもしろく生きてみせるから！」

「俺《おれ》の言うとおりにおもしろくかいのう？」

コウはバカにしたように笑う。

夏芽は水たまりを突《つ》っきって、コウに駆《か》けよった。思ったより深くて、膝《ひざ》のあたりまでぬれてしまったが、もうどうでもよかった。

「映画《えいが》も出る！　コウちゃんが後悔《こうかい》するぐらい、わたし、おもしろく生きるよ！　そのとき泣いてあやまってももうおそいんだからね！」

にらみつけると、コウはやっと、少し優《やさ》しい目になった。

夏服からむきだしの夏芽の手首に巻《ま》かれた、あの赤い数珠《じゅず》に目をやると、いきなりそれをむしり取り、足元に投げすてる。

「……これ、つけとけ。」

自分の手から、黒い数珠を外し、夏芽の手首にはめた。

「え……でも、これ、おばあちゃん？かなんかの形見で、大事なものなんじゃや……なんかふしぎな力があるんでしょ……。」

よく見ると、それは真っ黒ではなく、濃《こ》い青のまじった石だった。

「もう俺《おれ》には必要ないけん。おまえのこと守ってくれるかもしれん——なんやらイヤな感じがするんじゃ。」

「……コウちゃんも、その……ふしぎな力、あるの。」

夏芽が聞くと、コウはため息をついた。

「俺にはない。長谷川《はせがわ》の家にはときどき、神さんの言葉聞くとかいう人間が生まれて、それでこの辺の王さまみたいになっとったらしいが、たぶん、ばあさんが最後じゃ。」

「……ふぅん。」

「俺は、本家にやっとできた跡取《あとと》りじゃけん。みんな期待しとるけど、俺にはそげな力は——……。」

「あるよ！」

夏芽はさけんだ。

「コウちゃんは、わたしの神さんだもん！　コウちゃんに出会って、わたしの世界が変わったって言ったじゃん！」

「それはおまえが勝手に変わったんじゃ。」

コウは笑った。夏芽は首を振《ふ》る。

「コウちゃんなら、神さん頼《だの》みじゃなくて世界がつくれるよ！　わたし、それが見たい！

わたし、今のわたしも悪くないと思ってるもん！」

「……おおぎょうじゃのう。」

夏芽は、さっきコウが投げすてた赤い数珠《じゅず》を拾いあげた。それをコウの手首にはめる。

「じゃあこれあげる。交換《こうかん》しよう。わたしの念でコウちゃん守るから！」

コウは、それをじっと見ていたが、空いているほうの手でそっと夏芽の指先に触《ふ》れた。

「なんよのう。おまえは爪《つめ》の先までキレイにできとるんか。感心するわ。」

「…………」

顔を上げると、コウの顔が目の前にあった。


目を閉《と》じる。

くちびるが重なった。

河原《かわら》から、自転車にふたり乗りして、夏芽とコウは家へと向かった。

真っすぐ帰るのがもったいなくて、遠回りして、海岸線を走った。


夏芽の長い髪《かみ》が風に舞《ま》いあがる。

日が落ちて少しずつ暗くなっていく海。

はるかな岩場できらめく灯台の明かり。

「やっほーっ！」

気持ちのたかぶりが抑《おさ》えきれなくて、夏芽はさけんだ。

ペダルをこぎながら、コウもさけぶ。

「空ーっ！」

「雲ーっ！」

夏芽も負けじと声を張《は》りあげる。

「石ーっ！」

「海ーっ！」

「くもりー！　晴れろバカヤロー！」

「ほんとだーっ！　バカヤロー！」

ふたりは笑いくずれながら、海辺の道を走りつづける。

ああ――世界は素敵《すてき》。

わたしは、無敵。

わたしたちふたりなら、きっと世界だって征服《せいふく》できる。

夏芽はそのとき、本当にそう思っていた。

六　祭りの夜

浮雲町《うきぐもちょう》に、いよいよ火祭りが近づいてきた。

町中に「喧嘩火祭り《けんかひまつ》」のポスターが貼《は》られ、早入りした観光客の姿《すがた》も目立ちはじめる。

夏芽《なつめ》の家、『あづまや』にも、もうちらほらと泊《と》まり客《きゃく》が来ているようだった。

客が持ってきたお土産だけはちゃっかりと食べながら、夏芽はわくわくと火祭りの日を待つ。

広能《ひろのう》は、映画《えいが》のシナリオを送ってきた。

夏芽をイメージして書いたという、主人公の娘《むすめ》の役は、セリフは少なかったが重要な役だった。

夏芽は、ひとりセリフの練習をしながら、コウを思う。

わたしだって、できる。
コウちゃんみたいに、きっと輝《かがや》ける。
そしたらコウちゃんは、おもしろいと言ってくれるはず。

コウちゃんは、わたしの希望。
わたしのプライド。
わたしの光。
わたしの神さん――……。

「ねぇ、わたしも参加したいな、火祭り。」
祭り当日の夕方。

母に着付けてもらった浴衣姿《ゆかたすがた》で、夏芽はコウと商店街を歩いていた。

ふだんはさびれた商店街も、このときばかりはにぎやかに飾《かざ》りつけられ、町中が浮《う》きたっているようだ。

「女人禁制《にょにんきんせい》じゃけぇ。」

祭りに参加する男衆《おとこしゅう》だけが着る白装束《しろしょうぞく》のコウは、そっけなく言う。

「あーあ、見てるだけか。」

道行く人々もみな浴衣を着て着飾っている。子どもたちは、はやばやと出店の綿《わた》あめやヨーヨーを手にして楽しそうだ。

少しずつ日は傾《かたむ》き、あたりはうす暗くなりつつあった。

「ね、じゃあさ、わたしのこと見つけてね。」

「面つけとるけえ、無理じゃ。」

コウは呆《あき》れたように言う。コウ自身が型を作った張《は》り子《こ》の龍《りゅう》やカラス天狗《てんぐ》の面は、目のところに小さな穴《あな》が開いているだけなので、ごく狭《せま》い範囲《はんい》しか見えないらしい。

「えーっ、なんでよー！　見つめあおうよ！」

「アホかい。」

ふくれた夏芽は、ちょっと早足で歩く。

「もう！　わたし、どっか行っちゃうよ！」

「しょうがないのう。」

コウは、やっと手をつないでくれた。

と思ったら、そのまま夏芽をぐいぐいと引《ひ》っぱっていく。

「コウちゃん、ちょっと……。」

コウはそのまま、商店街入り口のロータリーに停車してあったバスの中に夏芽を押《お》しこんだ。バスの中にはだれもいない。運転手もいなかった。

コウは乱暴《らんぼう》に夏芽を座席《ざせき》に突《つ》きとばすと、上からおおいかぶさるようにキスした。

「見つめあうっちゅうのは、こういうことけ。」

「……うん。」

真っ赤になった夏芽を残して、コウはバスを降《お》りていく。

「コウちゃん！」

「おまえは大人しゅう見物しとけ。カッコええとこ見せちゃるけんの。」

「うん！」

夏芽は、コウの後《うし》ろ姿《すがた》を祈《いの》るように見つめた。


コウちゃん。わたしの神さん。

力を見せて。ひけらかしてみせて。

それがまぶしければまぶしいほど、わたしは受けとめる自信がある——……。


とっぷりと日が暮《く》れて、ついに火祭りが始まった。

町の若《わか》い男衆《おとこしゅう》が白装束《しろしょうぞく》に身を包み、大きな松明《たいまつ》をかかげて町を練りあるき、それから山道を上っていく。

女や年寄《としよ》り、子どもは、道の脇《わき》から見ていることしかできない。

山頂《さんちょう》の広場に着くと、二手に分かれた男たちが、舞《ま》いおどりながら松明《たいまつ》を打ちあう演舞《えんぶ》が始まる。

白装束《しろしょうぞく》に面をつけた男たちが何十人も、打ちならされる和太鼓《わだいこ》の音に合わせて松明を振《ふ》りかざし、打ちおろし、ときには顔すれすれに回転させる。

「ぶしゃげちゃれーい（やっつけてやれ）！」

かけ声も勇ましく、毎年けが人が出るほどだ。

浴衣姿《ゆかたすがた》の若《わか》い女たちは、みな、ふだんとはちがう男たちをうっとりとながめていた。

夏芽も、火《ひ》の舞《まい》がいちばんよく見える場所から、じっとその炎《ほのお》の行列を見おろす。

大友《おおとも》がいた。父が漁師《りょうし》だからだろうか、魚を載《の》せた供物用《くもつよう》の台を捧《ささ》げもって進んでいく。彼《かれ》は面をつけておらず、顔に朱《しゅ》で化粧《けしょう》をしていた。とても男らしくて大人っぽい。

ほかのクラスメートたちもちらほらと姿が見える、みな、教室での姿とはちがって真剣《しんけん》そのものだった。

「天狗《てんぐ》の面が山の者の〝攻《せ》め手《て》〟。龍《りゅう》の面が海の〝守り手〟……。」

夏芽の目の前を、コウが通りすぎていく。

カラス天狗《てんぐ》の面で顔のほとんどを隠《かく》したコウは、その金髪《きんぱつ》のせいもあって、まるで本物の天狗のように見えた。

「…………」

火の粉が舞《ま》いちる。
太鼓《たいこ》の音が地面を揺《ゆ》るがす。
木の焦《こ》げるにおい。
夜のにおい。
森のにおい。
海のにおい。
打ちあわされる松明《たいまつ》。
踏《ふ》みならされる足。

コウが光りかがやいて見える。

ああ——わたしの神さん。

吸《す》いよせられるように、一歩、前へと踏《ふ》みだした夏芽の腕《うで》を、後ろから急につかんだ者がいた。

「……？」

おどろいて振《ふ》りかえると、ひとりの若《わか》い男が立っている。

「夏芽ちゃん、たいへんだ。」

「えっと……。」

この人はだれだっけ。夏芽は一瞬《いっしゅん》わからなくてとまどう。

ああ、そうだ。昨日から『あづまや』に泊《と》まりに来ているお客さんだ。東京《とうきょう》のお土産を持ってきてくれたっけ。名前はたしか——……。

「蓮目《はすめ》さん？」

蓮目は真っ青な顔で、夏芽の腕を強く引いた。

「きみのおじいさんが倒《たお》れて……！」

「えっ。」

夏芽は息をのんだ。

「お父さんとお母さんは先に病院に行ってる。夏芽ちゃん捜《さが》して連れてきてくれって頼《たの》まれたんだ。急ごう。」

蓮目は夏芽を引きずるようにして走りだした。


天狗《てんぐ》と龍《りゅう》が激《はげ》しく松明《たいまつ》をかわしあい、火祭りはクライマックスに達しようとしていた。

天狗の中心で松明を振《ふ》るっていたコウの、仮面《かめん》で隠《かく》された狭《せま》い視界《しかい》に、ちらりと白い浴《ゆか》衣《た》が見えた。

(……夏芽?)

だれかに手を引かれて山道に消えたのは、夏芽ではなかっただろうか。

その瞬間《しゅんかん》。コウの手首に巻《ま》いてあった数珠《じゅず》——あの、夏芽のブレスレットの糸が、ぶつんと切れた。赤い珠《たま》がばらばらと散らばる。

「…………」

イヤな予感がした。輪を抜《ぬ》けて走りだす。

「おい、コウ！」

だれかが呼《よ》んだ。だがコウは聞いていなかった。

「どうした⁉」

「どこ行くんじゃ！」

口々に人々がさけんでいる。だが、コウは松明《たいまつ》を投げすてると、広場へ続く石段《いしだん》に飛びこんだ。

「コウ！　なしたんない（どうした）！」

後ろから大友の声がした。コウは振《ふ》りかえりもせずさけぶ。

「夏芽が、だれかに連れていかれた！」

「ええっ⁉」

ふたりで並《なら》んで石段を駆《か》けおり、下の広場に出る。町内会ごとのテントが建てられ、樽《たる》酒《ざけ》が振《ふ》るまわれていた。みな酔《よ》っぱらっていて、まわりのことなど見えていない。

「コウちゃん！」

駆《か》けよってきたのはカナだった。

「カナ！　夏芽見んかったか！」

「今、男の人と車に乗って病院に……おじいちゃんが倒《たお》れたって。」

「は？　『あづまや』のじいさん？　さっき上におったぞ⁉」

大友がさけんだ。コウはカナの肩《かた》をつかんでゆさぶる。

「どんな車じゃ！」

「あ……上に自転車積んでる……。」

「それ『あづまや』の客じゃ！　昨日配達行ったとき見たわ、東京ナンバーの青い車じゃ！」

大友の言葉を最後まで聞かず、コウは走りだした。

もう道をたどることもせず、ガードレールを跳《と》びこえて山の斜面《しゃめん》を駆けおりる。

この山は、コウの庭だった。

どの道がどこへ通じているのか。近道はどこか。

コウは知りつくしていた。

「ここは俺《おれ》のもんじゃ――夏芽も俺のもんじゃ。」

土手を滑《すべ》りおり、木の根を跳《と》びこえて、コウは走った。

「ぶしゃげちゃれーい！」

「ぶしゃげちゃれーい！」

祭りの歓声《かんせい》が遠ざかっていく。

七
消失

「……病院、って、こっちでしたっけ……。」

ますます山の中に走りこんでいく車の中で、夏芽《なつめ》はつぶやいた。町の病院へ行くなら、さっきの三叉路《さんさろ》を右に行かなければならなかったはず……。

「近道だよ。それに、救急病院だから、夏芽ちゃんは知らないかも……。」

蓮目《はすめ》の声はうわずっていた。

「…………。」

おかしい。

夏芽は浴衣《ゆかた》の膝《ひざ》をにぎりしめた。手のひらが汗《あせ》ばんでくる。

「……夏芽ちゃん。」

車はどんどん人気のないほうへ進んでいった。

蓮目の息づかいが荒《あら》くなっているのがわかる。

「怖《こわ》がらないで聞いてくれる？　僕《ぼく》はね、きみが『プラム』でデビューしてから、ふしぎな運命を感じてたんだ……。」

夏芽は奥歯《おくば》をかみしめる。

やっぱり。祖父《そふ》のことはウソだったんだ。

この人は――火祭りを見にきたんじゃない。

最初から夏芽が目当ての――ストーカー……。

「『夏《なつ》の足跡《あしあと》』を見て確信《かくしん》した――本当に夏芽ちゃんを理解《りかい》してるのは僕だけだって。僕たちはひとつになるべきだって……。」

「…………」

夏芽は息をつめる。

どうしよう。どうしたらいい。

蓮目は車を路肩《ろかた》に停《と》めた。エンジンを切ると、夏芽をのぞきこんでくる。

「さっき、町で生意気そうな男の子とキスしてたでしょ。」

「……！」

バスでのこと、見られていた。

夏芽は心底、気持ち悪くなって身を縮《ちぢ》める。

「早く僕《ぼく》が救ってあげなきゃって思って……でないと夏芽ちゃんが汚《けが》されてしまうって。」

蓮目の手が伸《の》びてくる。

「おとなしくしてて――優《やさ》しくするから。」

抱《だ》きしめられ、顔に触《ふ》れられる。

「笑ってよ、あの写真みたいにさ。」

声が出ない。

体が――動かない。

怖《こわ》い……怖い!!

「……イヤッ!!」

やっと金しばりがとけた。夏芽は思いっきり頭を振《ふ》りまわす。

「ぐっ……。」

蓮目の鼻面《はなづら》にまともに頭が当たり、蓮目は顔を押《お》さえて後ろへ倒《たお》れた。

そのすきに夏芽はドアに取りついた。

鍵《かぎ》はかかってない。転がるように外へ出る。

蓮目はまだ追いかけてこない。夏芽は慣《な》れない下駄《げた》を引きずって必死に走った。小さな橋がかかっているところに差しかかり、下をのぞく。浅い小川が流れていた。

夏芽は土手を滑《すべ》りおり、橋の下に身を隠《かく》す。

「怖《こわ》い……コウちゃん、助けて……！」

口の中でつぶやいた、そのとき。

「夏芽か！」

橋の上から声がした。飛びだして見あげると、コウがのぞきこんでいる。

「コウちゃん……！」

来てくれた！

「コウちゃん……！　助けて……。」

夏芽は土手をはいあがろうとするが、浴衣《ゆかた》で足が上がらない。

「夏芽っ。」

上からコウが手を伸《の》ばす。

夏芽の手と、指先が触《ふ》れようとした——そのとき。

「うわぁぁ！」

蓮目がとつぜん現《あらわ》れた。奇声《きせい》をあげながら、コウに向かってなにかを振《ふ》りおろした。

がはっ、と息をはいてコウは転がった。

「コウちゃん！」

大きな石だ。蓮目はコウの背中《せなか》を打つ。何度も。何度も。

「やめ……。」

夏芽は恐《おそ》ろしくて声が出ない。

蓮目は、ぐったりしたコウを引きおこして仰向《あおむ》けにすると、さらにその上に馬乗りになった。

殴《なぐ》りつける。何度も。何度も。

コウは抵抗《ていこう》することもできず、されるがままになっている。

夏芽はもう見ていられなくて、土手をずりおちる。

逃《に》げる力もなくしゃがみこむ。


あんなコウちゃん見たくない。

あんな男にやられっぱなしになって――……。

――どうして、コウちゃん。
わたしたちは、すべて手に入れて、
無敵《むてき》で、素敵で――……。

「夏芽ちゃん、お待たせ。」

蓮目の声が耳元で聞こえた。

「絶対《ぜったい》幸せにするから。」

押《お》したおされる。夏芽は暴《あば》れた。

イヤ！　イヤだ！

でも、大人の男の力にはかなわない。

押さえつけられて、浴衣《ゆかた》の襟《えり》をつかまれる。

「夏芽ちゃん……僕《ぼく》とひとつになろう……。」

「いやぁぁぁぁ！」

「おまえなにやっとんじゃごらぁ!!」

いきなり、いくつもの光と、荒々《あらあら》しい足音が押《お》し寄《よ》せてきた。

体の上から、蓮目が引きはがされる。

祭りのはっぴを着て、懐中《かいちゅう》電灯を持った何人もの男の人たち。

「しっかりせえ！　だいじょうぶか！」

「夏芽っ！」

父の声がした。夏芽が手を伸《の》ばすと、ぎゅっと抱《だ》きしめられた。

「もう、もうだいじょうぶじゃ……怖《こわ》かったのう。」

「お父さん……お父さぁん！」
父にしがみつき、夏芽は泣いた。
よろよろと立ちあがり、父と、もうひとりの男の人に支《ささ》えられながら土手を上る。
上では、コウが別の大人に介抱《かいほう》されていた。
泥《どろ》と血で汚《よご》れた白装束《しろしょうぞく》で、コウも泣いている。
その姿《すがた》は、ただの子どもだった。
まだたった十五の、なんの力もない子ども。

どうして。コウちゃんならあんなやつ、やっつけてくれると思ったのに。
わたしの目の前で、ぶっ殺してくれるって思ったのに。

一瞬《いっしゅん》目が合った。
夏芽は顔を背《そむ》ける。
コウもしゃくりあげながら顔を伏《ふ》せた。

いつだってキラキラしていた、わたしの神さん……。

その夜——ふたりの世界から、光は失われてしまった。

八　椿《つばき》

【突然《とつぜん》の映画《えいが》降板《こうばん》！　悲劇《ひげき》のティーンズモデル望月夏芽《もちづきなつめ》】
【ティーン誌《し》『プラム』の人気モデルがレイプ被害《ひがい》――犯人示談《はんにんじだん》で真実は闇《やみ》の中】
【『プラム』の望月夏芽ちゃんがレイプされてた件《けん》についてｗｗｗ】

インターネットに、雑誌《ざっし》に、そんなタイトルの記事がおどった。
夏芽とコウは、あのまま口もきかなくなり、別々の高校に進学した。
夏芽は毎朝、きちんと髪《かみ》をひとつにしばり、制服《せいふく》のブレザーを校則《こうそく》どおりに着て、通学バスに乗る。

笑いころげている女子たちの横を通りすぎ、だまって座席《ざせき》に座《すわ》る。

狭《せま》い田舎町《いなかまち》。高校に進学しても、顔ぶれはほとんど変わらない。

今もときどき、クラスメートたちが自分のことをネタにして笑っているのを、夏芽は知っている。


『レイプ〝未遂《みすい》〟って本当？』

『そういうことにしとかんと、お嫁《よめ》にもいけなくなるけんね。』


夏芽はうつむいて、それをやりすごす。

今日も。明日も。

これからずっと。

夏芽は、毎日昼休みになると、弁当箱《べんとうばこ》を持って教室を出る。
どこにも、夏芽の居場所《いばしょ》はなかった。
だれかの話し声が、自分のウワサをしているように聞こえて。
のろのろと校庭を横ぎり、野球部のグラウンドに向かう。
ベンチの後ろの階段《かいだん》が、だれからも見られず日陰《ひかげ》になってちょうどいい。
入学して以来、ここが夏芽のランチルームだ。
腰《こし》を下ろして、母が作ってくれた弁当箱を開ける。
ひとりで、背《せ》を丸めて食べていると、ふいに足元に野球のボールが転がってきた。
「…………」
拾って、顔を上げる。
そこに立っていたのは大友《おおとも》だった。

「おっす。」

ボールを投げかえすと、大友は軽々と片手《かたて》でキャッチした。それから夏芽に歩みよってくる。

「おまえ、いつもここで食うちょるんか。」

「……うん。」

あいかわらず、ずけずけとした物言いだった。

でもイヤな感じはしない。あのころのままの、素直《すなお》な男の子っぽい——……。

「……ぷっ。」

夏芽は、吹《ふ》きだした。

「大友って、眉毛《まゆげ》整えるようになったんだ。」

いかにも田舎《いなか》の男子という感じの素朴《そぼく》な顔立ちだったのに、ちょっとは身だしなみなんかを気にするようになったらしい。

「おま……失礼なやつじゃのう。」

大友は怒《おこ》ったフリをして笑う。

「おーい。なんでそんなとこおんねん。話すのいつぶりじゃろうのう。こっち来て座《すわ》れや。」

大友は、夏芽を手まねきしながら、少し離《はな》れたベンチに腰《こし》を下ろす。

夏芽は、変わらぬ様子の大友に少しホッとしながら、つられて立ちあがった。少しためらいながらも、彼《かれ》のとなりに座った。

大友は、持っていた水筒《すいとう》を口にしながら、夏芽にたずねた。

「おまえ、最近コウと会っちょるんか。」

「……会ってない。だって別れたもん。」

「ほうか。」

夏芽は少しうんざりして言う。

「……なんで今ごろそんなこと言うの。」

「……あいつなぁ、高校入ってから、変な連中とつるむようなってのう。」

大友はため息をついた。

「変な連中……って……だって、コウちゃん、護地高《ごじこう》でしょ……。」

護地高校は、川の向こうの大きな町にある偏差値《へんさち》七十の進学校だ。夏芽も少しおどろいたが、もともとコウはとても成績《せいせき》がよかったし、長谷川《はせがわ》本家の力も働いたらしく、推薦《すいせん》入学したと聞いた。

「学校にはほとんど行っちょらんで、港のほうでカスみたいな不良どもとしょっちゅうもめ事起こしとるんじゃと。悪いウワサしか聞かんわ。」

「……そうなんだ……。」

「コウのやつ、なに考えとるんかのう。」

「……わかんない。」

うつむいた夏芽に、大友が、決心したようにたずねた。

「おまえら、なんで別れたんじゃ？」

「なんでって……今さら？」

夏芽は笑ってしまう。だが、大友は大まじめだった。

「今さらかなぁ。おまえはそう思っちょるんか？」

今まで、だれもそれを直接《ちょくせつ》夏芽に聞いた人はいなかった。みんな、〝あんなことがあったから〟と勝手に決めつけて、そしてウワサしていた。

「……コウちゃんが、わたしの神さんでいてくれなかったから。」

夏芽はうつむいて言った。

「コウちゃんも……それがわかったんだと思う……あのとき……だから、離《はな》れるしかなかった。それが、おたがい傷《きず》つかない唯一《ゆいいつ》の方法だったから……。」

口に出してそう言ってから、夏芽は笑う。

「意味わかんないでしょ。」

だが、大友は笑わなかった。とても真剣《しんけん》な顔で、いいや、と言った。

「……ちょっとはわかるわ。おまえもコウも、あのころ特別に見えたけぇの。」

「…………。」

大友も、視線《しせん》を空に向け、まぶしそうに目を細めた。

「コウは昔っからこの辺の悪ガキの大将《たいしょう》でのう。俺《おれ》もよう一緒《いっしょ》に悪さしたもんじゃ。」

「……幼稚園《ようちえん》のころ、すごい乱暴者《らんぼうもの》だったんでしょ。」

夏芽が言うと、大友は、くくっ、と笑う。

「そうそう。ほんでも五歳《さい》ぐらいんときからぴたっとそれは治まって……それまではみんな、怖《こわ》ぁてあいつによう近よらんかったが、それからはここらの王さまじゃった。だぁれもよう飛ばんかった高い橋の上から、なんのためらいもなしに飛びこんだりしてのう。」

懐《なつ》かしそうにうつむく。

「大人らは、長谷川の本家の息子《むすこ》っちゅうんで特別扱《とくべつあつか》いしよったが、俺《おれ》らから見てもあいつは、なんちゅうか……キラキラ光って見えたのう。」

「…………」

そうだよね、と、夏芽も目を細める。

あれっきり――コウの光は失われてしまった。

「おまえもじゃで？」

だまりこんだ夏芽に、大友は照れくさそうに言った。

「おまえも、初めて見たときはよう、俺が知ってるどの人間ともちがう、特別なもんででてきちょるんでないかと――ちがう星から転校してきました、みたいな衝撃《しょうげき》が。」

「……なにそれ。」

夏芽は吹《ふ》きだしてしまう。

「あんた、わたしのこと好きだったの？」

「ちゃうて！　そういうのじゃのうて！」

大友はあせって手を振《ふ》りまわした。夏芽は笑う。

本当に久《ひさ》しぶりに、笑った気がした。


それから、夏芽は大友とよく話すようになった。

大友はだれに対しても裏表《うらおもて》なく、真っすぐで、気持ちよかった。

頭はそんなによくなかったけど、誠実《せいじつ》で、信頼《しんらい》できる人間だった。


ある日。

帰りのバスに乗りそこね、ぼんやりとバス停で立ちつくしていた夏芽に、自転車に乗った大友が声をかけた。

「なしたんない、置いてけぼりか。」

「うん……。」

「次のバス、三十分以上先じゃろ。乗ってけや。」

「いいの？」

夏芽は自転車の荷台にまたがる。大友は軽々と風を切って走りだした。

「気持ちいー！」

山から下る坂道を、ふたりは笑いながら駆《か》けぬけていく。

「おまえ思ったより重いな？」

「るっさい眉毛《まゆげ》。」

「眉毛のことは言うなや！」

わざとハンドルを左右に振《ふ》って、夏芽をゆさぶる。

「やだ、危《あぶ》ないやめてやめて！」

夏芽は笑う。

「わー、キレイ……椿《つばき》。」

古い民家の生《い》け垣《がき》に、椿が咲《さ》きみだれていた。地面にもたくさん落ちて、赤いカーペットのようになっている。

大友はその前で自転車を停《と》め、椿の花をひとつむしって夏芽に差しだした。

「ほれ、吸《す》うてみ？」

「は？」

「吸うんじゃ。こんなふうに。」

大友は、椿のがくをちぎったほうを夏芽の口元に押《お》しつける。

言われたとおり、口にくわえて吸ってみるが、なんの味もしない。

「吸えないよ？」

「ハズレじゃのう。」

大友はまた別の花をちぎって、夏芽に差しだした。

「……あっ、甘《あま》い！」

「じゃろう？　東京《とうきょう》では吸わんの？」

大友は、自分も椿《つばき》をくわえながらモゴモゴと言う。

「吸《す》わないよ。」

夏芽もモゴモゴと言う。

ふたりとも口に椿が咲《さ》いたようで、おかしな顔になっている。たがいの顔を指さして、くすくす笑う。

と、そのとき。

遠くから、バイクの音が近づいてきた。

とっさに脇《わき》によけると、ビッグスクーターにふたり乗りした若《わか》い男が、勢《いきお》いよくすり抜《ぬ》けていく。

「……！」

後ろに乗っていたのはコウだった。

一瞬《いっしゅん》だけ、視線《しせん》が合う。

絶句《ぜっく》しているあいだに、スクーターは走りさっていった。

パ
ワ.

地面に散らばった椿《つばき》の花を踏《ふ》みつけ、巻《ま》きあげて。
コウの顔は傷《きず》だらけだった。
夏芽の口から、椿の花がぽろりと落ちる。
そんな夏芽の横顔を、大友が切なそうに見ていた。

九

藍《あい》と紅《べに》

それから、しばらくしたある日。

母から、漁協へのお使いを頼《たの》まれて、学校帰りに港へ向かう川沿《かわぞ》いを歩いていた夏芽《なつめ》は、ぎくっとして足を止めた。

向こうから、いかにも悪そうな若者《わかもの》たちが四、五人、だらだらと歩いてくるのが見える。

その中に、コウがいた。

立ちすくんでいると、コウも夏芽に気づいたらしい。

こちらへ渡《わた》る小さな橋の手前で、ふっと仲間たちから離《はな》れ、川に沿って海へ向かう階段《かいだん》を下りていく。

「コウ、なしたんない。」

「しょんべんじゃ。」

仲間たちはそれで納得《なっとく》したのか、そのまま歩きさってしまった。

夏芽は、しばらくそこで立ちどまっていたが、意を決して歩きだす。橋を渡《わた》って、コウを追いかけた。

コウは、夏芽がついてきていることに気づいていないのか、そのまま、ぶらぶらと、川《かわ》沿《ぞ》いを下り、漁協の倉庫の裏《うら》を抜《ぬ》けていく。

倉庫の裏手はもう海だった。漁港の外れの堤防《ていぼう》で、小さなモーターボートが二艘《そう》つながれている。コウはその一方の舫《もや》い綱《づな》に手をかけようとしていた。

沖《おき》へ出るのだろうか。夏芽は思わず彼《かれ》に駆《か》けより、彼より早くボートに飛びうつった。

「……なにをついてきとるんじゃ。」

コウは苦笑すると、自分もすばやく飛び乗り、エンジンをかける。

「ちょっと、コウちゃん！」

「久《ひさ》しぶりにおまえの声聞いたわ。」

コウの笑い声と同時に、すごい勢《いきお》いでボートは海面を滑《すべ》りだした。

「コウちゃん、なに考えてんの！」

コウはうす笑いを浮《う》かべたまま舵《かじ》をにぎっている。ボートはスピードを増《ま》し、あっという間に堤防《ていぼう》をめぐって岸を離《はな》れていく。

「コウちゃん！　なんとか言ってよ！　バカ！　このクソヤンキー！　性格《せいかく》悪すぎなんだよっ！」

口汚《くちぎたな》くののしる夏芽を笑いながら、コウはボートをあやつる。

岩場の入りくんだ浮雲《うきぐも》の海は、あちこちに岩礁《がんしょう》が顔を出し、複雑《ふくざつ》な形の崖《がけ》に囲まれている。その中を、ボートは軽快《けいかい》に抜《ぬ》けていく。

「そうやって、ずっと逃《に》げまわってたんだよね！　ずっと待ってたんだよ！　わたし、ずっとコウちゃんのこと待ってたんだから！」

コウは答えない。夏芽はバカバカしくなって、コウに背《せ》を向け舳先《へさき》にうずくまった。

コウは、外海に出る手前の岩場近くでボートを停《と》めた。

「……夏芽。」

エンジンを切り、夏芽の名を呼《よ》ぶ。大またでボートの上を歩いて、振《ふ》りかえらない夏芽の背中《せなか》をつついた。

「夏芽。こっち向けや。」

「バカみたい。あんな連中とつるんで。いつのまにこんなにバカになっちゃったんだね。」

顔を背《そむ》ける夏芽の、一本にしばった長い髪《かみ》をもてあそびながら、コウは言う。

「おたがいさまじゃろうが。のう。」

コウは肩《かた》をすくめた。

「青春ごっこなんかやめえや。おまえにはひとりで孤立《こりつ》しとってほしいわ。」

「なに勝手なこと言ってんの！」

大友《おおとも》のことを言われているのだと気づいて、夏芽は立ちあがる。

「大友といると、明るい気持ちになれるんだよ！」

「逃《に》げ場《ば》があってよかったのう。」

へらへらと笑うコウに、夏芽はつめ寄《よ》った。

「コウちゃんだって逃げたじゃない！　わたしは逃げちゃダメなの!?　わたしはこのまま

でいなくちゃいけないの!?」

船底を踏《ふ》みならして、もう大キライ！　と、夏芽はさけぶ。

「なんでわたしに出会ったの!?　なんでわたしをおかしくするの!?　わたし、コウちゃんにならなんだって捧《ささ》げる気でいたんだよ！　いいよねコウちゃんは！　そうやってわたしのこと忘《わす》れていくんでしょう！」

「おまえもじゃろうが。」

「わたしは一日だって、あの日のことを忘れたことなんかないよ！」

夏芽と入《い》れ替《か》わるように舳《へ》先《さき》に座《すわ》ったコウに、夏芽はすがりついた。

「コウちゃん……なんであいつのこと、やっつけてくれなかったの……。」

もう言ってもしかたのないことだとわかっていたが、それでも夏芽は口に出してしまった。

コウは、さみしく笑った。

「俺《おれ》たちはよう、どうも、幻想《げんそう》を見あっとったんじゃのう。」

「そんなことない！」

思いだしてよ！　と夏芽はさけんだ。

「あのとき――こうやって、わたしの喉《のど》にさわったでしょ！」

夏芽はコウの首に手をかけて、そのまま海へと押《お》したおした。

ふたりは絡《から》みあうようにして船から転がり落ちる。

深い――深い海。
底の見えない濃紺《のうこん》の中に、ふたりは入りこんだ。

泡《あわ》がきらめく。

夏芽は、昔〝神さんの海〟でコウがしたように、コウを海の底へ沈《しず》めようとする。

コウは、目を閉《と》じ、されるがままになっていた。

コウの口から、ゴボッ、と大きな泡がはきだされる。

彼《かれ》はそのまま、ゆっくりと、夏芽の手を離《はな》れて、水底《みなそこ》へ沈んでいく。

すべてをあきらめたように。

目を閉《と》じたまま。

もがくこともなく。


夏芽は、とつぜん恐《おそ》ろしくなり、必死に手足をばたつかせてもぐった。

なんとかコウに追いつき、彼《かれ》の腕《うで》を取って引きあげようとする。

やはり抵抗《ていこう》もなく、コウは浮《う》かびあがった。

夏芽は波間に顔を出した彼の血の気の失《う》せた頰《ほお》をたたく。

「コウちゃん！　しっかり、しっかりして！」

コウは――目を開けた。

ふっ、と笑う。

「ぶっさいくな顔じゃのう。痛々《いたいた》しゅうてよう見とれんわ。」

からかわれていたのだと知って、夏芽はカッとなった。コウの体を何度もたたく。

「コウちゃんのせいだよ！　わたしだって、もっとキレイに生きたかった！」

「おまえは面倒《めんどう》くさいわ。」

コウは笑う。うつろな顔で。

海に漂《ただよ》いながら、悲しい顔で。

「おまえの人生に巻《ま》きこまれて振《ふ》りまわされるのは、もうごめんじゃ。」

突《つ》きはなすように、コウは言った。

「もう――俺《おれ》に関わらんでくれ。」


ずぶぬれのまま、夏芽はのろのろと『あづまや』に続く坂道を上っていく。

日はもう落ちて、あたりは暗くなりはじめていた。

「もういっちょ！」

弟の竜太《りゅうた》の声がした。旅館の前でだれかとキャッチボールをしている。

「あっ、姉ちゃん、おかえり！」

竜太が気づいて駆《か》けよってきた。だが、夏芽がずぶぬれなのを見ておどろいている。

「姉ちゃん、どうしたの⁉　俺《おれ》、タオル取ってくる。」

「望月《もちづき》！　なしたんない！」

顔を上げると、そこにいたのは大友だった。

どうしてここに大友が、と思ったとたん、ぶわっ、と涙《なみだ》があふれてきた。

「望月！」

大友は困《こま》ったように、首にかけていた青いタオルを夏芽に差しだす。

「……コウか。」

夏芽は答えられずうなずく。大友は、しばらく考えこんでいたが、やがて言った。

「着替《きが》えてこいや。気晴らししにいこで。」

大友が夏芽を連れてきたのは、町外れにある小さなバッティングセンターだった。

「……なぜ、バッティングセンター。」

少し落ちついた夏芽は、そのチョイスにおかしくなって笑う。

「ええやん。体動かしたらすっきりすると思て。」

大友は大まじめに言い、さっき途中《とちゅう》のコンビニで買ったソーダ味のアイスをふたつに割《わ》って、片方《かたほう》を夏芽に差しだした。

バッティングセンターはだれもおらず、やたらシーンとしている。

夏芽は、打席の前のフィールドにじかに腰《こし》を下ろす。

「バッティングセンターって、初めて来た。」

「まじか。」

となりに大友も座《すわ》った。美味《おい》しそうにアイスを食べている。

「大友はよく来るの。」

「俺《おれ》、常連《じょうれん》さんやもん。」

「へぇ。野球好きなんだ――もしかして、今までも竜太とキャッチボールしてくれてた？」

「おう。配達来たときとか、たまにな。」

「そうなんだ……いいなぁ、好きなものがいっぱいあって。海も好きでしょ。」

「おう。」

「おうち、漁師《りょうし》だもんね……継《つ》ぐんでしょ。」

だが、大友は少し考えて言った。

「いや……兄ちゃんが継ぐけん。俺《おれ》はここを出ていくと思う。」

「そうなの？」

おどろいた。

「大友はずっとここにいるのかと思ってた。」

大友は、アイスをかじりながら、ぽつぽつと言う。

「ずっとここにおったら見れんもんもあるじゃろし。おまえかて、出ていくんじゃろ？」

「……どうだろ。将来《しょうらい》になんのビジョンも浮《う》かばないし。」

夏芽はため息をつく。大友は首をかしげてなにか考えていたが、急に言った。

「……パリか？」

「は？」

「またモデルになるんじゃろ？　そしたらパリに行くんちがうん。」

夏芽は吹《ふ》きだした。

「パリって……あっははは。なにアホなこと言ってんの。パリコレのモデルなんて、そんな、わたしなんかがなれるわけないじゃん。」

ついに声を出して笑ってしまう。

「そうなんか？」

アイスで口をいっぱいにしながら大友は言った。

「でも俺《おれ》ら高校生やし、アホなこと考えるぐらいでちょうどええんちゃうの。」

夏芽は笑うのをやめ、大友の横顔を見た。

「……そうだね。そうかもね。」

「よっしゃ、景気づけじゃ。」

大友はいきなり立ちあがり、アイスの残りを口につっこむと、すたすたと打席に歩いていく。機械にお金を入れると、横に立ててあった貸《か》しバットを引《ひ》き抜《ぬ》いた。

「見とれよ、俺のナイスバッティング！」

大友は、大きくバットを振《ふ》りきったが、ボールは芯《しん》に当たらず、ボテボテと足元にはねた。夏芽は大笑いする。

「なにそれ、それならわたしでもできそう。」

「なにおう。」

夏芽もひとつ離《はな》れた打席に立って、機械にお金を入れる。飛んできた球に向かって思いきりバットを振る。

もちろん当たらなかったが、なんだか楽しくなってきた。

バットを振りまわしながら、夏芽は笑った。

大友は、調子が出てきたのか、カキン、カキン、といい音を響《ひび》かせて球を打ち返している。

「ねぇ、大友。」

何度目かの空振《からぶ》りをしながら、夏芽は言った。

「わたし、大友のこと……好きにはなんないよ。」

「ええよ。」

大友は夏芽に背《せ》を向けたままで答える。

「俺《おれ》は友だちでええよ。」

「…………ありがと。」

夏芽もまたバットを振《ふ》りまわす。ちょっとかすって、跳《は》ねかえる。

「明日、映画《えいが》でも見にいけへんか。」

大友は言った。

「えー、大友、映画好きなの？」

「おう。」

「いいなぁ、好きなものいっぱいあって。」

「おまえ、バカにしちょるじゃろ。」

あははは、と大友は笑う。夏芽も笑った。

「そんなことないよ。ホントにうらやましいと思ってるよ。」

本当だよ、と、夏芽は胸《むね》の中でつぶやいた。

その夜。
夏芽はひとり、部屋で足の爪《つめ》にペディキュアを塗《ぬ》った。
深い、深い藍色《あいいろ》。黒に近い青。
明るい色を塗りたくなかった。
この色は、神さんの海の色だ、と夏芽は思った。
コウの色だ。すべてをのみこむ色。

親指から一本ずつ、藍色に塗りつぶしながら――ふと、手が止まる。
化粧箱《けしょうばこ》にある、赤いネイルカラーが光って見えた。

大友の色だ、と、夏芽は思う。
あのとき、椿《つばき》を口にくわえていた大友の色。
椿の鮮《あざ》やかな紅《べに》。
温かな色。わたしの灯火《ともしび》。

夏芽はためらいながら、薬指の爪《つめ》だけを、その紅《べに》で塗《ぬ》った。

救い

「夏芽《なつめ》ーっ！　大友《おおとも》くん来てくれたわよー！」

「入ってもらって……。」

海に落ちたのが悪かったのか、夏芽は翌日《よくじつ》熱を出した。

部屋で寝《ね》こんでいると、大友が来てくれた。

「ごめんね……映画《えいが》、行きたかったんだけど。」

ベッドに腰《こし》かけて迎《むか》えた夏芽に、大友は笑う。

「そんなん、いつでも行けるけぇ。寝とけ。」

大友は床《ゆか》にどっかりとあぐらをかいて座《すわ》ると、手に持っていたビニール袋《ぶくろ》を差しだした。

「お見舞《みま》いじゃ。」

「なにこれ。」

「俺《おれ》チョイス。風邪《かぜ》が吹《ふ》っ飛《と》ぶ元気モリモリCDじゃ。」

中身を引っぱりだして夏芽に見せる。今どきの高校生にしては渋《しぶ》い、往年《おうねん》の人気ロックバンドのアルバムだった。

「大友こんなの聞くの。おじさんみたいだね。」

「なにがぁ！　ええもんはええんじゃ、聞いてみぃて！」

そう言ってから、ふと、彼《かれ》は夏芽の裸足《はだし》のつま先に目をやった。

「足にマニキュア塗《ぬ》っとんか。」

「ペディキュアっていうんだよ。」

夏芽はベッドの上に足を引きあげ、つま先を手で隠《かく》した。でも、大友は興味津々《きょうみしんしん》でのぞきこんでくる。

「ええやん。見してみ。」

手を払《はら》いのけて、大友は感心したように言う。

「この指だけ色がちがうんじゃのう。おしゃれか？」

「…………」

「椿《つばき》が咲《さ》いとるようじゃの。」

夏芽は息を吸《す》いこむ。

薬指の紅《べに》。大友の色。あのときの椿の色。

なんで気がつくんだろう。

切なくなってだまりこんだ夏芽に、大友は少しためらうように言った。

「望月《もちづき》はよう、コウが好きなんじゃろ。ふたりのあいだに、俺《おれ》は入りこめんっちゅうのは
わかっとるんよ。」

「…………」

大友の茶化しているようで、真剣《しんけん》な目。

なんだろう。ドキドキする。

「そやから、俺は友だちでええけぇ……。」

「……はぁ？」

ウソつき。顔に、好きだと書いてあるくせに。

夏芽はおかしくなる。うれしいような。腹《はら》が立つような。

「なに言ってんの。眉毛《まゆげ》まで整えてるくせに！」

「また言うかそれ！　眉毛関係なかろうが！」

大友は照れくさそうに自分の眉毛を片手《かたて》で隠《かく》す。

「おまえかて整えとるが。見せてみぃ。」

残った片手で、夏芽の前髪《まえがみ》を払《はら》おうとする。夏芽は体をひねってそれをかわす。

「なによ、眉毛！　おしゃれ眉毛。」

眉毛、眉毛、とおたがいにふざけあっているうちに、ひどく顔が近づいていた。

「夏芽。」

大友が、初めて夏芽の名前を呼《よ》んだ。

夏芽は逃《に》げなかった。そのくちびるに、ふざけたように、彼《かれ》は軽くキスをした。

「ふふ、ふふふふ。」

夏芽は笑う。大友も笑った。

しばらく笑ったあと、大友はあらたまったように、夏芽の前に座《すわ》りなおした。

「おまえとコウが特別なんはわかっちょる。でも、俺《おれ》はおまえを笑わせたいんじゃ。なんでもしてやりたいんじゃ。」

夏芽は、目を細めて大友を見る。

切なさと愛《いと》しさがわきあがってくる。

いろいろなことが、ぐるぐると回る。

「わたし――コウちゃんとつきあえて、世界を手に入れた気分だったの。コウちゃんは無《む》敵《てき》だって、信じることが『好き』ってことだと思ってた。だけど――それはコウちゃんには重荷だったんだよね。」

なんでもしてあげる、って、自分もコウに言えればよかったのか。

ふふ、と笑う。

「コウちゃんに、おまえに振《ふ》りまわされるのはごめんだって言われちゃった。もう俺に関わるな、って。」

大友は、少し悔《くや》しそうな、でも真剣《しんけん》な顔で夏芽を見つめている。

「わたしが、大友みたいに、手を差しのべられる人ならよかったんだ。つまり――わたしじゃダメだったってことなの。」

「いや、それは……。」

なにか言いたそうな大友に、夏芽は笑いかける。

「わたし、大友と――やり直してもいいのかな。」

「おう！」

大友の顔が光りかがやいた。

「俺《おれ》が笑わせちゃる！　なんでもしてやるけぇ！」

「いいんだよ、大友はがんばらなくて、そのままで。」

「いや！　がんばらして！」

大友が手を差しだしてきた。

「なに、この握手《あくしゅ》。」

「なんじゃろうのう。」

ふたりは手をつなぎ、また笑いくずれた。

それからしばらくした、昼休み。

「夏芽ちゃん。」

ふいに階段《かいだん》で声をかけられ、夏芽は振《ふ》りかえる。

駆《か》けおりてきたのはカナだった。彼女《かのじょ》も同じ高校なのだ。

ひどく深刻《しんこく》そうな顔をしている。

「夏芽ちゃん、大友とつきあいだしたってホンマなん。」

夏芽は答えず、階段を下りようとする。カナは走って前に回りこんできた。

「なんで大友なん？　コウちゃんとも仲良かった大友なん？」

カナは泣きそうな顔をしている。よく見ると、前よりずいぶん痩《や》せていた。髪《かみ》も少し切ったのかすっきりして、かわいく見えた。

「コウちゃんのこと知っとるじゃろ？　毎日どっかで殴《なぐ》りあいのケンカして、家にもほとんど帰っちょらんのじゃて。」

「………………」

「なあ！」

カナは必死で夏芽に言う。

「コウちゃんが苦しんどるのわからんの⁉　コウちゃんがあんなんなったのは夏芽ちゃん救いだすの失敗してからじゃないの！　コウちゃんを救えるの、夏芽ちゃんだけなのに！」

夏芽はくちびるをかみしめる。

カナのその目は、夏芽がコウを見ていた目と、まったく同じだった。

(こんな感じなんだね――思いこみを押《お》しつけられるのって。)

「カナちゃん。わたしがコウちゃんに言われたこと、そのまんまカナちゃんに言うね――『もうわたしと関わらないで』。」

「……そんなん言われたぐらいで……うち、ふたりが元どおりになるためならなんでもするけぇ。」

カナは引き下がらない。夏芽は怒鳴《どな》りかえした。

「そこまで言うなら、カナちゃんがあいつとつきあえばいいじゃん！」

「──そんなんできるわけないじゃろ！　うちなんかじゃつりあわんの、夏芽ちゃんわかっとるくせに！」

カナは、大きな目に涙《なみだ》をいっぱいにためている。

夏芽は、悲しい気持ちになる。

「……そんなことないよ。カナちゃん、すごくキレイになったよ。」

「そんなん……夏芽ちゃんに比《くら》べたら。」

夏芽は首を横に振《ふ》った。

「わたし──今、自分のことでせいいっぱいなの。大友がわたしを助けてくれたの。それってダメなこと？」

「夏芽ちゃん……。」

「わたし、コウちゃんに差しのべる手はもう持てない。コウちゃんに必要なのはカナちゃんだよ。」

「……そんなこと、そんなことない……。」

それでも——少しはうれしかったのだろう。カナの頬《ほお》が赤く染《そ》まった。

立ちつくすカナを押《お》しのけて、夏芽はまた歩きだした。

カナは、追ってこなかった。

そうして——日々は過《す》ぎていった。

十二　残像《ざんぞう》

ふつうの高校生として生きていくには、浮雲町《うきぐもちょう》はいいところだった。
おしゃれな店も、遊ぶところもなにもないけど、今の夏芽《なつめ》にはそのほうがいい。
海は美しく、山は厳《おごそ》かで、空気も美味《おい》しい。
クラスメートたちも、ウワサ話に少しずつあきて、なにも言わなくなり。
大友《おおとも》はいつも明るく、優《やさ》しくて、おもしろく。
もうじゅうぶんだ、と夏芽は思った。
ほかになにもいらない。

これでいい。これで幸せ。


ぶるるるる、とスカートのポケットが震《ふる》えた。

旅館のお使いから帰って、家の前に自転車を停《と》めかけていた夏芽は、あわててスマホを取りだす。

「夏芽ちゃん！　久《ひさ》しぶり！　元気でやってる？」

それは、マネージャーの土居《どい》だった。

「ええ……まあ。」

うろたえる夏芽に、土居は弾《はず》んだ声で言う。

「夏芽ちゃん、そろそろさ、ほとぼりも冷めたし、仕事する気ない？」

「えっ!?」

「やっぱりさー、夏芽ちゃん、人気高いんだよねー。衰《おとろ》えないっていうか。」

夏芽はおどろいた。あの事件《じけん》以来、夏芽は自分の記事を見ていない。中傷《ちゅうしょう》と勘《かん》ぐりにあふれた報道《ほうどう》に傷《きず》ついて、ネットからも遠ざかっていたし、雑誌《ざっし》も買っていなかった。

「広能《ひろのう》さん、また映画撮《えいがと》るらしいんだ。しかも、今度は夏芽ちゃんを主演《しゅえん》に考えてるって。」

「広能さんが……。」

「まあ、ストーリーはまた読んでもらって考えなきゃだし、ご両親がOKしてくれればなんだけど。」

夏芽の胸《むね》がざわつく。

――でも。

「……無理です。すいません。もうわたし、そんな気ないから。」

土居は、それでも引き下がらなかった。

「とにかく、シナリオだけでも、すぐPCに送るから。読んでみてよ。ね！」

電話は切れた。

夏芽は、複雑《ふくざつ》な気持ちのまま自分の部屋に上がり、PCをつけた。

もう土居からのメールが届《とど》いている。添付《てんぷ》されているファイルを開く。

シナリオのコピーだった。

「……！」

冒頭《ぼうとう》の数ページで、夏芽は絶句《ぜっく》した。

男Ａ「おら、暴《あば》れんな。」
男Ｂ「おとなしくしろよ！」
必死に抵抗《ていこう》するゆき子《こ》――――……。

ヒロインが集団暴行《しゅうだんぼうこう》を受けるシーンから始まっているのだ。夏芽は震《ふる》えた。

それ以上読むことができず、すぐにファイルを閉《と》じる。

また、あのときの恐《おそ》ろしさがよみがえってきて、夏芽は胸《むね》と口を押《お》さえ、ベッドに倒《たお》れこんだ。

それから何日か過《す》ぎた、ある日。

授業《じゅぎょう》を終えて、夏芽が校門を出たとき、いきなりすぐ近くでシャッター音がした。

「……！」

振《ふ》りかえると、門のそばに、男がカメラを構《かま》えて立っている。

「ウソ、広能さん!?」

それは広能晶吾《しょうご》だった。

「やっぱり夏芽ちゃんか。どこの田舎娘《いなかむすめ》かと思った。」

シャッターを切りながら、広能は言う。

夏芽は人目をさけて、彼《かれ》を学校のフェンス沿《ぞ》いの路地に引きこんだ。

「どうしたんですか、こんなところで。」

「夏芽ちゃんが返事くれないから、直接説得《ちょくせつ》に来たわけ。」

「わざわざ東京《とうきょう》から？」

「うん――でも、もういいや。」

広能は、ふいっと夏芽に背《せ》を向けて、そのまま路地を歩きだす。

「今の夏芽ちゃん見たら、撮《と》る気なくした。」

「……え。」

どきっ、とした。

一瞬《いっしゅん》足を止めた夏芽を広能は振《ふ》りかえる。

「やっぱ、会ってみないとわかんないもんだね。」

冷たい目だった。もうおまえには価値《かち》がない、と言っているような。

さすがにカッとして、夏芽は駆《か》けだした。広能の前に回りこんでにらみつける。

「なんなんですか！　いきなりやってきてそんな！　だいたいあのシナリオだってひどいじゃないですか！　なんでわたしがあんなレイプされる役やらなきゃなんないんですか！　これ以上さらし者になんなきゃいけないんですか！」

じだんだを踏《ふ》んでさけぶ夏芽を、広能は笑った。

「いいじゃんさらし者！　シカトよりマシでしょ？　あんたそういう変態《へんたい》でしょ！」

「なっ……。」

「ねぇ、夏芽ちゃん。『夏《なつ》の足跡《あしあと》』の撮影《さつえい》のとき、どうだった？　ううん、その前の雑誌《ざっし》モデルやってたころもさ。撮《と》られてるとき、楽しくなかった？　飛んでいくような感じ、しなかった？」

夏芽は立ちすくむ。

広能の目は、なにもかも見すかしていた。

『きみは、カメラの前でないと呼吸《こきゅう》できないでしょ。』

あのとき言われた言葉が、くっきりとよみがえってくる。


フラッシュの閃光《せんこう》に貫《つらぬ》かれるときの、あの感覚。

どこか遠くへ飛び立つような。

緊張感《きんちょうかん》と、高揚感《こうようかん》。

めまいのような光。光。光——……。

くらくらとそれにのまれそうになって、夏芽は息を止める。

「夏芽！」

大友の声がした。

おどろいて顔を上げると、フェンスの向こうに大友が立っていた。

「なしたんない。そいつ……だれね。」

心配そうにフェンスにしがみついている大友を、広能はおもしろそうに見た。

「へぇ……きみが夏芽ちゃんの今の彼氏《かれし》？」

「そうです。」

夏芽は、大友をかばうように、また広能の前に立ちふさがる。

広能は、大友を無遠慮《ぶえんりょ》に見て、それから夏芽に失望したような目を向けた。

「きみたち、すごくお似合《にあ》いだよ。」

広能が、大友とだれを比《くら》べているのかは明らかだった。

光のように、森の中を駆《か》けぬけていったあの少年。

この山も、夏芽も、自分のものだと言った、あの少年。

「闇《やみ》に突《つ》きおとされた少女が、どんなふうにまた光を取りもどしていくのか——それを撮《と》りたいと思ってたんだけど、もういいや。」

広能は冷たく言った。

「俺《おれ》の愛した少女はもう死んだらしい。きみとなら、もっと遠くへ行けると思ってたんだけど。お似合《にあ》いの彼氏《かれし》とお幸せにね——もう会うこともないと思うけど。」

広能は夏芽に背《せ》を向けて、今度こそ去っていった。

悔《くや》しい。

夏芽はくちびるをかみしめる。

「だれじゃ、あの人？」

不安そうな大友の声も、もう耳に入らなかった。

「ごめん、大友——わたし、今日、ひとりで帰る。」

「えっ、おい、夏芽!?　夏芽！」

フェンスにしがみついてさけぶ大友を残し、夏芽は走りだした。

涙《なみだ》が流れてくる。

悔《くや》しい。

悔しい。


どうして逃《に》げちゃダメなの？

楽になっちゃダメなの？


町の中を走りながら、夏芽は泣いた。

十二 黒い青い暗い

「浮雲《うきぐも》の神さま……もうわたしには、人並《ひとな》みの幸せはないのでしょうか。」

夏芽《なつめ》は『月《つき》ノ明《あか》リ神社《じんじゃ》』に来ていた。

霧雨《きりさめ》が降《ふ》っている。夏芽は傘《かさ》を差しながら、小さな古い社《やしろ》に手を合わせ、問いかける。

「この土地に留《とど》まるべきなんでしょうか……わたしの居場所《いばしょ》はどこなんでしょうか……わたしの神さんに、もう一度会えませんか……。」

社はいつものように静まりかえり、雨が木々に降りそそぐ音だけがしていた。

夏芽はため息をつき、歩きだす。

重い足を引きずって、森の中の石段《いしだん》をゆっくりと下りていく。

——……と。

「……！」

下から——だれかがよろめきながら上ってくるのが見えた。

びっしょりぬれた金髪《きんぱつ》と白いシャツが肌《はだ》にはりついている。

「……コウちゃん！」

コウは、顔を上げた。傷《きず》だらけで、頬《ほお》にも口元にも血がこびりついている。

「会《お》うてしもうたのう。」

そう言って、ふ、と笑ったが、そのままぐらりと倒《たお》れかかる。夏芽はあわてて駆《か》けよって彼《かれ》の体を支《ささ》えた。

「なんでおまえなんじゃ。」

「……こっちが聞きたいよ！」

抱《だ》きしめると、タバコや酒のにおいがムッと鼻についた。彼の髪《かみ》に、服に染《し》みこんだ、荒《あ》れた生活のにおいだった。

「またケンカしたの!?　だいじょうぶ!?」

「うるさいわ……おまえはもう帰れ。」

そう言って、夏芽を押《お》しやり、また石段《いしだん》を上っていこうとする。

「どこ行くの！　ねぇ、体熱いよ！　熱あるでしょう！」

「ほっとけ……俺《おれ》がここにおるって、だれかに言うたら許《ゆる》さんど。」

コウはふらふらと神社の鳥居《とりい》をくぐったが、社《やしろ》のほうではなく、脇《わき》に立っている小屋へと歩いていった。だが、その途中《とちゅう》でまた、ぐらりと倒《たお》れこみそうになる。

「コウちゃん！」

夏芽はまた走りよって彼《かれ》を後ろから抱《だ》きしめた。

「……！」

小屋に目をやると、扉《とびら》が少し開いている。

「……もしかして、ここで寝泊《ねと》まりしてたの⁉」

夏芽はコウを背中《せなか》で支《ささ》え、引きずるようにしながら小屋までたどりついた。

扉を引き開けると、この神社のものだろう木箱や柳行李《やなぎごうり》にまじって、寝袋《ねぶくろ》や弁当《べんとう》の空《から》箱《ばこ》、本や懐中《かいちゅう》電灯が散らばっている。

夏芽はなんとかコウを扉の中に引きいれ、床《ゆか》に寝かせた。

頭を膝《ひざ》にのせて、ハンカチで顔の血をふきとってやる。

コウは、もう力つきたのか、ぐったりとして目を閉《と》じたままだ。

「なんで……なんでそんなふうにしちゃうの？　自分をすり減《へ》らすようなこと、しないでよ……。」

夏芽はコウの髪《かみ》をなでながらしぼりだすように言う。

「コウちゃんだけでも、キラキラしたまま生きていてほしいの……。」

コウは、目を閉じたままつぶやいた。

「おまえの言う、〝輝《かがや》かしいコウちゃん〟は、もう死んどるんじゃ。」

「じゃあわたしたち、あいつの呪《のろ》いにかかったまんまなんだね！」

思わず夏芽がさけぶと、コウはガバッとはねおきて、いきなり夏芽のシャツの襟元《えりもと》をつかんだ。そのまま床《ゆか》に乱暴《らんぼう》に引きたおす。

夏芽はこみあげてくる涙《なみだ》をこらえながら顔をおおった。

「わたしたち、心中《しんじゅう》したんだね……一緒《いっしょ》にダメになっちゃったんだね……。」

「……………。」

夏芽は片手《かたて》を伸《の》ばし、コウのシャツをにぎりしめた。

「ねぇ……コウちゃん……この海も山も、やっぱりコウちゃんのものだよ……コウちゃんの自由にならないものなんて、ないよ……。」

思いだしてよ、と、夏芽はコウにしがみつく。

コウは、しばらくだまっていたが、やがてまた、荒《あら》っぽく夏芽を引きおこした。顔につばをはきかける。

夏芽は逃《に》げなかった。ただじっと、コウの目を見つめる。

コウの顔が近づき、くちびるが重なる。

そのままゆっくりと引きよせられ、ふたりは静かに床《ゆか》に横たわった。

「……怖《こわ》いか。」

さっきまでとはちがう、おだやかな声でコウは言った。

「……うん……怖くないよ……うれしいよ。」

これからなにが起きるのか、夏芽にはわかっていた。

それが、大友《おおとも》を裏切《うらぎ》ることになることも。

それでも――もう夏芽には、コウを突《つ》きはなすことができなかった。

小屋の中の暗がりは、海の底に似《に》ている。

あの〝神さんの海〟の深みの色。


黒より暗い、藍《あい》の色。


いつも、深い闇《やみ》の中で発光して見えた少年。

彼《かれ》をあの海に残したまま、夏芽はひとり、大友によって救いだされた。

だからもう、伸《の》ばされた手を――こばむことはできない。


「暴《あば》れちょると、スイッチが入って――……。」

コウは、夏芽を抱《だ》きながらつぶやいた。

「血が、ワーッと震《ふる》えて蒸発《じょうはつ》する感じと、バーッと脳《のう》が冷える感じがいっぺんにキて……

それをどんどん高めずにはおれんくなって……しまいにゃ、体に稲妻《いなずま》が走るような気がするんじゃ。」

「……知ってる、それ。」

夏芽も知っている。

それは、カメラのフラッシュを浴びているときの、あの感覚。

「そうやって、力、試したいんだね……。」

でもそれは――本当にコウが望んでいる力の使いかたではないと思う。

服を整えながら、夏芽はコウを見た。

「……ねぇ……コウちゃん……浮雲からふたりで、逃《に》げちゃおうか……。」

コウは、答えなかった。

ゆっくりと身を起こすと、夏芽に背《せ》を向けたまま言った。

「……もうこれが最後じゃ。」

「……こういうことするのを？」

「会うのを、じゃ。」

それをどんどん
高《たか》めずにはおれんくなって
しまいにゃ
身体《からだ》に稲妻《いなずま》が走《はし》るような――

夏芽ははねおきる。

「なんで？」

コウは振《ふ》りかえらない。けだるげに、床《ゆか》を見つめたままだ。

「おまえは、俺《おれ》なんか追いこしていってくれや。」

「なに言ってるの……。」

「おまえとおるの、おもしろかったのう。」

コウは、もう終わったことのように言う。

「初めて会《お》うたとき、光って見えたわ……。」

夏芽はおどろいた。

「そんなわけないじゃん……光ってたのはコウちゃんのほうだよ。」

コウはまた、ごろりと床に寝《ね》そべると、夏芽を見もせずに続ける。

「おまえの天職《てんしょく》はよう、もうわかっちょろうが。」

ゆっくりと、コウのまわりに壁《かべ》が築《きず》かれていく気がした。

夏芽は必死に逆《さか》らおうとする。

「わたしがなんのために生きるかは、わたしが決めるべきでしょ？」

「ほんならおまえには神さんはいらんじゃろ。」

「じゃあコウちゃんは？」

「ここで神さんと生きるんじゃ。俺《おれ》は出れん。」

夏芽はコウの顔を見ようとする。コウはますます顔を背《そむ》ける。

「いい！　それならここにいるよ！　なんにもいらないもの！」

「…………」

なにも答えないコウをゆさぶる。

「そうやって追いだそうとするんだね！」

「そうかもしれんわ。」

「わたし、コウちゃんといたいよ……もう離《はな》れたくない。」

もうこの手を放してはいけない。夏芽は強くそう思った。

けれども――コウは、なだめるように言う。

「夏芽――遠くに行けるのがおまえの力じゃ。どこに行ったとこで、おまえはキレイじゃけえの。」

「そんなことないよ！」

何度も体をつかんでゆさぶるが、コウはやはり顔を見てくれなかった。

「俺《おれ》はよう、おまえになんにもしてやれんのじゃ。」

声が震《ふる》えていた。夏芽もくちびるをかむ。

「やだ、コウちゃん……。」

「誇《ほこ》り高《たか》くおりたかったわ……おまえが望んだみたいによ。」

泣いているのをごまかすように、ポケットからなにかを取りだすと、夏芽のひざ元に放った。

「もう姿《すがた》見せんでくれ。」

それは、折りたたみ式の小型のナイフだった。

もう、ケンカはやめる、というつもりなのだろうか。

ゆっくりと、手が離《はな》れ——コウはまた、深い海の底へと沈《しず》んでいく。

夏芽が彼《かれ》にできることは――もうないのだろうか。

「もうすぐ――また火祭りだね。」

夏芽は、ナイフを拾いあげながら、かすれる声で言った。

「もう、寄《よ》り道《みち》はじゅうぶんでしょ……コウちゃんだって、本当はもどりたいんでしょ。」

あのころに。あの、なにもかもが自分のものだと信じられた昔に。

「コウちゃんは、やっぱりここの王さまだよ――わたしの神さんだよ。」

洟《はな》をすすりあげながら立ちあがる。

コウはやはり、背《せ》を向けたままだ。

「コウちゃん、火祭り出てね……カッコいいところ見せて。そしたらわたし、それを目に焼きつけて――もうサヨナラする、から。」

ようやくそれだけ言うと、小屋を飛びだしていった。

「そのへんてきとうに座《すわ》って。」

ちょっとあせった顔で、店の電気をつけながら、大友は言った。

ここは、大友の母親がやっているスナック『夢《ゆめ》まぐろ』だ。

開店前で、店にはだれもいない。

とつぜん家を訪《たず》ねてきた夏芽を、散らかっている自分の部屋に上げることができなかった大友は、あわてて店に連れこんだのだった。

「……だいじょうぶなの？」

店の中をきょろきょろしながら夏芽はたずねる。大友はカウンターの中で冷蔵庫《れいぞうこ》を開けながら言う。

「ぜんぜん平気、まだ開店時間にはだいぶあるけえ。母ちゃんもまだ寝《ね》ちょるし……なんか飲むじゃろ。」

今どき珍《めずら》しい、ビン入りのサイダーとオレンジジュースをカウンター越《ご》しに受けとり、夏芽はソファ席に座《すわ》る。

「ほれほれ、元気モリモリ夢《ゆめ》まぐろミックス、お待ち。」

チョコレートやナッツを雑《ざつ》に盛《も》った皿を持って、大友もとなりに座った。

夏芽は、意を決して彼《かれ》に話しかける。

「……ねぇ、大友。」

「ん？　なんや？　なんか歌うか？　カラオケあるで。」

カラオケの選曲デバイスをいじりだす大友を、夏芽は強い口調でさえぎった。

「大友！」

「……なんや。」

深刻《しんこく》な顔の夏芽に、やっと大友は手を止める。

「……別れよ。」

「……えっ？」

一瞬《いっしゅん》、なにを言われたかわからない、という顔で、大友は固まった。

「……わたし、映画《えいが》出ることにしたんだ……だから、東京《とうきょう》行くの。」

「……いや、俺《おれ》、遠距離《えんきょり》でもええよ？」

とまどった顔で大友は返す。夏芽は首を横に振《ふ》る。

「……無理なの。」

「無理……って、そんなこと勝手に決めんなや。」

大友は笑って、夏芽の肩《かた》を軽くこづいた。

「一緒《いっしょ》に解決策《かいけつさく》考えたらええが。俺、バイトして交通費作るし……。」

「無理なの、ごめん。」

夏芽は顔を伏《ふ》せる。

本当のことはやはり言えない。大友の顔もまともに見られない。

うつむきながら、夏芽は言う。

「ホントにわたしの勝手……仕事だけに集中したいの。わたしなんて力がないから、せめてねがいをひとつだけにして、逃《に》げ道《みち》なくさないと……夢《ゆめ》、かなえることなんてできない
……。」

夏芽の肩《かた》が震《ふる》えているのを見て――大友は、なにかを察したようだった。

「……コウ、け。」

はっ、と、夏芽は息を吸《す》いこんだ。

それで、すべてが伝わってしまった。

「なんでや、俺《おれ》じゃダメなんか！」

大友は夏芽の肩をつかんでゆさぶる。夏芽は震える声で言う。

「もうわたしのことなんか、キライになって……。」

「大好きじゃや！」

ソファに押《お》したおされる。大友は泣きそうな顔をしていた。

夏芽はもう彼《かれ》の顔を見られなかった。腕《うで》を上げて顔を隠《かく》すと、涙《なみだ》がこぼれてくる。

「こんなわたしなのに……ありがとう……。」

大友になにをされても、それは自業自得《じごうじとく》だと思っていた。

でも、大友はやっぱり、夏芽に乱暴《らんぼう》なことなんかできないのだった。

ただ悲しい顔で見つめるだけ。

「……結局、俺《おれ》とおったあいだも、おまえの心の中には、ずっとコウがおったんじゃのう……わかっちょったことじゃが……。」

「ごめん……ごめんね……。」

仰向《あおむ》けに寝《ね》そべったまま、ただ泣きじゃくる夏芽を、大友はしばらくのあいだ見つめていたが、やがて悲しそうに言った。

「泣くな。笑《わろ》てくれ。」

「………。」

「言うたじゃろが。俺は、おまえを笑わせたいんじゃ。そのためになんでもするて。」

「………。」

泣いている夏芽から、大友は離《はな》れた。そして、おもむろに、カラオケのデバイスを手に取った。

「ええい！　歌っちゃる！」

やがて流れだしたイントロは、何十年も前にはやった歌謡曲《かようきょく》だった。

バスも電話もない田舎《いなか》はイヤだ、という、東北訛《なま》りのコミカルな歌詞《かし》を、大友は絶叫《ぜっきょう》するように歌う。

東京に出るんだ。東京に、と歌いながら、大友は泣いていた。

間奏《かんそう》に入って、大友は夏芽にさけぶ。

「おまえも東京へ行くねんな！　ここがイヤなんじゃろ！　がんばれよ！」

夏芽は、ソファの上に身を起こした。

まだ涙《なみだ》は止まらないけれど、なんだか少し笑えてくる。

大友は二番の歌詞《かし》を調子っぱずれに歌いだしながら、夏芽に手を差しのべた。夏芽はその手をにぎって立ちあがる。

こんな村はイヤだ、田舎《いなか》はイヤだ、と、大友は歌う。

夏芽は、彼《かれ》と一緒《いっしょ》にでたらめなステップを踏《ふ》みながら笑った。

そんなことないよ、大友。

わたし、ここを出ても、大友のこと忘《わす》れないよ。

「ずっと友だちや！」

大友が差しだした右手を、夏芽も強くにぎった。

「ありがとう――！」

本当に、ありがとう。

十三

夏……邂逅《かいこう》

そして——また、浮雲町《うきぐもちょう》に、火祭りの日がやってきた。

何日も前から町中が飾《かざ》りつけられ、人々は浮《う》きたち。

『あづまや』には観光客がつぎつぎにやってきて、祖父《そふ》も両親も忙《いそが》しく。

なにもかも、一年前と同じ。

ただ——夏芽《なつめ》のとなりにコウがいないだけ。

日が落ちると同時に、白装束《しろしょうぞく》の男たちが松明《たいまつ》をかかげて、町の中を練りあるく。

年寄《としよ》りたちは町のそこここで振《ふ》るまい酒《ざけ》に酔《よ》い、観光客や住民たちは、男衆《おとこしゅう》の勇ましい姿《すがた》を見ようと山頂《さんちょう》へ続く道の両側に陣《じん》どっている。

夏芽はひとり、こっそりと『月《つき》ノ明《あか》リ神社《じんじゃ》』の境内《けいだい》にあるあの小屋――コウが隠《かく》れ家《が》にしていた小屋に忍《しの》びこんでいた。

神社の境内は祭りのあいだ、女人禁制《にょにんきんせい》になる。男衆の行列は、境内に入って社《やしろ》の前で一度演舞《えんぶ》をし、それからまた山頂へ向かうのだ。

ここからなら、だれにもじゃまされず、コウのいちばんカッコいいところを見ることができる。

それを見て――目に焼きつけて。

そうしたら、きっとけじめがつけられる。

わたしの神さんの思い出を胸《むね》に、自分の道を歩きはじめられる――……。

小屋の小さな窓《まど》から、そっと外をのぞくと、遠く山のふもとに松明《たいまつ》の列が見えた。

あの中に、コウちゃんがいる。

ずっとしまいこんだままだった、コウからもらった数珠《じゅず》を腕《つで》にはめて。

夏芽は、胸《むね》を高鳴らせながら、彼《かれ》の姿《すがた》が見えるのを待った。


その、少し前のことである。

山のふもとのテントで、両親たちと振《ふ》るまい酒《ざけ》を配っていたカナは、ふと、目のはしに、白いものを見て振りかえった。

ひとりの男が、道を外れ、石垣《いしがき》を上っていく。

「……？」

ちらり、と見えた男の面は天狗《てんぐ》だった。だが、カナは息をのんだ。

「なあ……今の人、なんかおかしゅうなかった？」

カナはまわりにいる大人たちに言ったが、みなもう酔《よ》っぱらっていて、ろくに見てもいないようだ。

「なにがじゃ。」

「……あんな面……コウちゃん作っとらんかった……。」

「そんなわけなかろうがぁ。」

あはははは、と大人たちは相手にしない。

長谷川《はせがわ》本家の作業場に、たまに使いに出ることがあるカナは、コウや一族の男たちが毎年作っている面をよく知っていた。

今、あの男がつけていた面は、どこにでも売っている、ありふれた天狗面《てんぐめん》ではなかったか。それに、ちゃんとした祭りの装束《しょうぞく》でもなかったような……。

男はあっという間に山の中へと消えていった。

カナは、あわててその場を離《はな》れ、松明《たいまつ》行列のほうへと走った。

白装束に仮面《かめん》をつけた男たちの中から、必死でコウを捜《さが》す。

「コウちゃん！」

松明《たいまつ》をかかげ、カラス天狗《てんぐ》の面をつけて、真っすぐに歩みを進めるコウに取りすがって、カナはさけんだ。

「コウちゃん！　うち、きっと見てしもうた！」

「なにをじゃ！」

気が立っているのか、コウは振《ふ》りかえりもせず、カナを振りほどいて歩きつづけようとする。だがカナは必死にうったえた。

「ニセもんのお面つけた男がおった！　山に入っていきよった！」

「……なんじゃと？」

コウはカナをにらみつけた。

「なあ……夏芽ちゃんどこにおるん？　はよ知らせんと……もしかして、去年のあいつじゃったら……。」

コウはいきなり、松明を地面にたたきつけた。そのままカナを押《お》しのけ走りだそうとする。

カナはおどろいて、彼《かれ》の前に立ちふさがった。

「いけん！　行ったらいけん！　はよ大人に知らせて、山狩《やまが》りしてもろうたほうがええ！」

「みんな酔《よ》っぱらって話になるかいや。」

コウは仮面《かめん》をむしり取り、凶悪《きょうあく》な顔で笑った。

「神さんが俺《おれ》に、殺せっちゅうとるわ。」

「コウちゃん！」

カナを突《つ》きとばし、コウは走りだした。


ガタン、と扉《とびら》の開く音がして、夏芽は振《ふ》りかえった。

「……コウちゃん……？」

暗がりから、ぬう、と天狗《てんぐ》の面をつけた男が現《あらわ》れた。

だがそれは、祭りに使うカラス天狗の面ではない。服も、ただの白いシャツに股《もも》引《ひ》きだ。

夏芽は息をのみ後じさる。

男は、面を取った。

「夏芽ちゃん……久《ひさ》しぶりだね。」

それは――まぎれもなく、去年夏芽を襲《おそ》った男、蓮目《はすめ》だった。

「去年はじゃまが入ったけど……今年はだいじょうぶだよ……わざわざ人目につかないところで待っててくれたんだね……。」

「ウソ……来ないで……。」

蓮目は、警察《けいさつ》や両親に厳重《げんじゅう》に監視《かんし》されていると聞いていたのに。

夏芽は、ポシェットに、この前コウが投げすてたナイフを入れたままなのを思いだした。あわてて取りだして、刃《は》を蓮目に向ける。

しかし蓮目はなにも見ていない、うつろな顔で笑い、じりじりと近づいてくる。

「夏芽ちゃん……示談《じだん》にしてくれたのも、僕《ぼく》にまたがんばってくれって意味だったんだよね。うれしいよ……今度こそひとつになろう……。」

「いやぁっ！」

ナイフはあっという間にたたき落とされ、夏芽は床《ゆか》に押《お》したおされた。

「いやっ！　助けて！　コウちゃん助けてぇぇぇぇ!!」

「だいじょうぶだよ、怖《こわ》がらなくて。優《やさ》しくするから……。」

蓮目がのしかかってくる。恐《おそ》ろしさと嫌悪感《けんおかん》で体が震《ふる》え、力が入らない。足をばたつかせても、さけんでも、だれも来ない。

だって、まだ男衆《おとこしゅう》の行列はここまで来ていない。来たとしても、ここは神さまだけが見る場所。こんなところに人がいるなんて、真剣《しんけん》に舞《ま》っている男たちが気づくわけがない。

「コウちゃん！　コウちゃあああん！」

夏芽は——そのまま、気を失った。

夢《ゆめ》を見た。
コウが助けてくれる夢だ。

小屋に飛びこんできたコウが、蓮目を夏芽の上から引きはがし、殴《なぐ》りとばす。
蹴《け》りつけて、倒《たお》れこんだ男に馬乗りになる。
殴る。
殴る。
何度も。
何度も。

ああ、コウちゃん、超《ちょう》カッコいい。
もっともっと！　もっと！　まだ足りないよ！
殺して！　そいつ、殺して！

ああ、そうしたら、またあのときから始められる。

止まってしまった時間が動きだす。

輝《かがや》かしいわたしたちのまま。

ふたりで一緒《いっしょ》に、あのときからやり直せる――……!


「コウちゃん!　やっちゃえー!!」

夏芽は、自分の声で目を覚ました。

はっ、と身を起こす。

小屋の中にはだれもいなかった。

コウはもちろん、蓮目の姿《すがた》もない。

「……夢《ゆめ》?」

自分の喉《のど》を、胸《むね》を、お腹《なか》をさぐる。

蓮目に触《ふ》れられた感触《かんしょく》が、まだ残っている気がするのに——……。
「どこからが……夢《ゆめ》？」
もしかしたら、最初から夢だったのだろうか。
夏芽はここで待っているあいだに寝《ね》てしまい、あんな悪夢《あくむ》を見たのだろうか。
夏芽はもう一度、床《ゆか》に倒《たお》れこんだ。
外はもう静まりかえっている。
遠く、山の上のほうからかすかに、太鼓《たいこ》の音と人々の歓声《かんせい》が聞こえた。
もう、行列は山頂《さんちょう》の広場へ達しているのだろう。
夏芽は、目を閉《と》じ、それを想像《そうぞう》しようとする。

松明《たいまつ》をかかげて、足を踏《ふ》みならし、火の粉を散らしながら。
光りかがやく、わたしの神さん——……。

（やっぱり、今からでも山の広場へ行こうかな……。）

まだ間に合うかもしれない。

夏芽は、ゆっくりと身を起こした。

そのとき、指先が、なにかぬるりとしたものに触《ふ》れた。

「……？」

うす暗い中、おそるおそるその指を顔に近づける。

赤黒いものがついていた。鉄さびに似《に》たにおい。

「血……？」

夏芽ははいつくばって、床《ゆか》を見る。

床板に、血をふきとった跡《あと》。

まだふききれなかった血飛沫《ちしぶき》が、ぽつぽつと。

「……！」

夏芽は真っ青になって、自分のポシェットをさぐる。

入れておいたはずのナイフがなくなっていた。

（じゃあ……じゃあ、やっぱりあいつに襲《おそ》われたのは――……。）

夢《ゆめ》じゃなかった――？

じゃあ、どこからが夢？

コウちゃんが助けに来てくれたのは――現実《げんじつ》？

だったら、あの男は？　コウちゃんは？

あれからどうなったの!?


夏芽ははねるように立ちあがり、小屋の扉《とびら》を引き開けた。

「……！」

そこに、カナが立っていた。

「……カナ、ちゃん……。」

血の気のない顔で立ちつくすカナを見たとき――夏芽はすべてを思いだした。

「コウちゃん！　やっちゃえー!!」

コウが蓮目に馬乗りになり、体重をかけて首をしめあげる。

暴《あば》れる蓮目がぐったりしはじめたとき、カナが飛びこんできたのだ。

「いけん！　コウちゃん、殺したらいけん！」

コウの背中《せなか》に取りつき、やめさせようとするカナを、コウは振《ふ》りほどく。

夏芽もさけんだ。

「カナちゃん、出ていってよ！　これはわたしたちだけのことなの！　ふたりでつくりだす、最後の真実…………。」

そこで、意識《いしき》がとぎれて……それから…………。

十四

在処離《あくが》れ

「カナちゃん……。」

カナは、恐《おそ》ろしげな顔をして、夏芽《なつめ》に向かって手にしていたものを差しだした。

それは、血で汚《よご》れたなにかの布《ぬの》だった。

その上に、あのナイフが載《の》っている。

血がべったりとついたナイフ。

「夏芽ちゃんはずるいわ。いなげな（変な）ファンにいたずらされてもキレイなんじゃもん。」

カナは、震《ふる》えていた。だが、その目はぎらぎらと光っている。

まるで、いつものおどおどしたカナとは別人のようだった。

「カナちゃん……あいつは……コウちゃんはどうなったの……。」

カナは、夏芽の顔を見つめながら語った。

カナに止められたコウのすきをついて、蓮目《はすめ》は拾ったナイフを振《ふ》りかざした。

だが、それを夏芽ではなく、自分の首筋《くびすじ》に当てたのだ。

『僕《ぼく》がここで死んだら、明日の新聞に夏芽ちゃんと僕の写真が並《なら》ぶんだ……一生消えない影《かげ》になるんだ……そうなったら、もう夏芽ちゃんは僕だけのものだ……。』

そう言って——……。


「倒《たお》れた場所が離《はな》れちょったけぇ、夏芽ちゃんには血ィもかからんでよかったのう。うちらは着てる服もみんな脱《ぬ》いで、後始末して……。」

「そんな……それで、あの男は……。」

カナは、どこか遠い目になった。

「うちとコウちゃんと、ふたりで山に隠《かく》した……明日になったら、ナイフやらも一緒《いっしょ》に、

〝神さんの海〟に沈《しず》めるけん。」

「そんな……そんなの、だって、あいつが勝手に死んだんだし！　警察《けいさつ》に！　ねぇ、今すぐ警察に！」

カナは、怒《おこ》ったような顔で言った。

「そんなことしたら、夏芽ちゃんの芸能《げいのう》人生は終わるじゃろうね！　たとえ勝手な自殺でも、陰惨《いんさん》すぎて！　せっかくみんな忘《わす》れかけてる去年の事件《じけん》もまた蒸《む》し返《かえ》されて！　それがあいつの狙《ねら》いじゃやけぇね！」

「そんなこと！」

「夏芽ちゃん、さっきうちに言いよったでしょ。出てけって。ふたりのことなんじゃって。そんならこれからは、うちとコウちゃんの〝ふたりのこと〟じゃ。夏芽ちゃんはもう関係ないんよ。」

「カナ……ちゃん……。」

「うちかて、最初から何回もコウちゃんに、警察に行こうて言うたわ。せやけどコウちゃんが、もしそんなことしたら〝俺《おれ》が殺した〟って言うて。そう言うて聞かんのじゃ。」

カナは笑った。

「一緒《いっしょ》に死体隠《かく》すの手伝《てつど》うたら、コウちゃん、うちの言うことなんでも聞いてくれるて。一生、うちのもんになってくれるて。そう約束してくれたんじゃ。」

カナの大きな目から、涙《なみだ》がぼろぼろとこぼれた。

「うちは、昔っからコウちゃんが好きじゃった。でも、見とるだけで幸せじゃった。うちじゃどうしようもないこと、ようわかっとった。夏芽ちゃん見たとき、ほんまにほんまに、この人しかコウちゃんにつりあう人はおらんて思た。そやけど、やっぱり心のどこかで、うちは夏芽ちゃんになりたかったんじゃ。」

ふふふ、と、カナは笑った。

「……でも、やっぱりうち、ようだまってへんかった。ホンマはコウちゃんに、夏芽ちゃんにはなんにも言うなて言われてたんよ。まだ小屋におったら、てきとうなこと言うてごまかせて。でもできんかった。うち……コウちゃんとの約束破《やぶ》ってしもた……。」

カナは泣きくずれた。

「夏芽ちゃんなんか……大キライじゃ……。」

地面にしゃがみこんで泣くカナを、夏芽はただ、立ちつくして見つめていた。

あのとき——自分は、コウに、あの男を殺してほしいとねがった。

カナは、それを止めようとした。

どちらが正しいことなのか、そんなことはわかりきっている。

「……カナちゃん。わたし、なにも見なかったし、なにも聞かなかったよ。」

夏芽は、泣きじゃくるカナに向かって言った。

「…………」

カナが、ゆがんだ顔を上げる。夏芽は震《ふる》える声で続けた。

「わたしはなにも知らない。だから、明日には浮雲《うきぐも》を出て、東京《とうきょう》に行く。そして、芸能界《げいのうかい》で——テレビや映画《えいが》の中でなに食わぬ顔して笑う。それでいい——そうでしょ。」

「夏芽ちゃん……。」

夏芽は、カナに背《せ》を向けた。

「前も言ったよね……コウちゃんに必要なのはカナちゃんだって。わたし、本当にそう思ってるよ。」

カナちゃんなんか大キライ、と――夏芽は言った。

「だから――コウちゃんをよろしくおねがいします。」

また泣きだしたカナをあとに残して、夏芽はゆらゆらと、境内《けいだい》を出ていった。


火祭りが終わったあとの浮雲町は、まるでヌケガラのようだ。

商店街には臨時《りんじ》休業の貼《は》り紙《がみ》が目立ち、漁船もつながれたまま波に揺《ゆ》れている。

コウは〝神さんの海〟の岩場に立ち、眼下《がんか》の海に向かってつぶやく。

「……おまえの体はここにあるんじゃけぇ、ここにおれよ。夏芽んとこ行ったらいけんど。おまえには、もうなにもできんのじゃけえ。」

そこに沈《しず》んでいるはずの、あの男に呼《よ》びかけているのだ。

「俺《おれ》が遊んじゃるけぇ……ずっと……。」

波間をのぞきこみながら言うコウの体が、ぐらりと揺《ゆ》れた。

「……コウちゃん！　いけん！」

後ろから彼《かれ》を抱《だ》きとめたのはカナだった。

「……なんじゃあおまえ。ここは立入禁止《たちいりきんし》ぞ。」

「コウちゃん、行かんで、神さんとこ……。」

カナは泣いていた。

コウは、ふ、と笑い、視線《しせん》を海にもどす。

「カナ……あんがとな。」

そんなことを言われると思っていなかったのだろう。カナはおどろいてコウの背中《せなか》から顔を上げた。

「やっぱり恐《おそ》ろしゅうなったんじゃろ……すまんのう。おまえは、もう自由にしてええねんぞ。」

「……コウちゃん、やっぱり、もうコウちゃんはここにおったらいけん……東京に……夏芽ちゃんとこに行き……。」

「それはできん。」

コウはきっぱりと言った。

「俺《おれ》も、ずっと考えちょった……それでわかったんじゃ。俺は、この土地に、この海に、この山に生かしてもろうちょる。その恩返《おんがえ》しせないかん。それが俺の役目なんじゃと。」

「……コウちゃん……。」

「……ここの神さんは、俺の恋人《こいびと》じゃあ。必要な秘密《ひみつ》なら守ってくれるじゃろうよ。」

カナは涙《なみだ》をためながら、そっとコウから離《はな》れた。

そのときである。

いきなり、後ろから石つぶてが飛んできた。

「バカじゃないの!?」

振《ふ》りかえると——そこに仁王立《におうだ》ちしていたのは、夏芽だった。

「夏芽ちゃん……!」

夏芽はまた、足元の小石を拾って、コウに投げつける。

その手首には、コウの数珠《じゅず》が巻《ま》かれたままだ。

「結局、カナちゃん心配させるようなこと言って！　カッコ悪っ!!」

「なしておるんじゃあ！　東京行ったんちがうんか！」

コウも足元の石を拾って夏芽に投げた。夏芽は顔をかばいながらさけぶ。

「やめてよね！　わたしこれから映画撮《えいがと》るんだからっ！」

「知るけ！」

わあわあ、と、ふたりはしばらく子どものように石を投げあっていた。

カナはいたたまれない顔で駆《か》けだしていく。

すれ違《ちが》いざま、一瞬《いっしゅん》夏芽を見た。

悲しみや悔《くや》しさと、ホッとした気持ちが入りまじった、複雑《ふくざつ》な表情。

夏芽は、そんなカナに、強い瞳《ひとみ》でうなずいた。

カナも、少し笑ったように見えた。

その背中《せなか》を見送ってから、夏芽はコウにあらためてさけんだ。

「俺《おれ》の役目だかなんだか知んないけど！　わたしはっ！　あいつ死んでくれてせいせいした！」

そう言ってから、勢《いきお》いをつけて、〝神さんの海〟に飛びこむ。

ずぶぬれの頭を波間から出し、立ち泳ぎしながら、夏芽はコウを見あげた。

「もう、こんな海も！　死んだやつも！　神さんだって怖《こわ》くない！　芸能《げいのう》人生終わったってかまわない！」

そうさけぶと、急に力が抜《ぬ》けて、夏芽はふうっと波にのまれそうになった。

そのとたん、コウが飛びこんできた。

激《はげ》しい水しぶきが上がり、ふたりはまた、海の中でもつれあう。


水面《みなも》から差しこむ光。

泡《あわ》。泡。泡。

コウの手が伸《の》びて――夏芽の喉《のど》に触《ふ》れる。

夏芽の手首の数珠《じゅず》が切れ、珠《たま》が光の中に舞《ま》いちっていった。

ああ——もういい。

ここでこのまま終わっても。

一緒《いっしょ》にこの海に沈《しず》んでしまっても——……。

だが、コウは静かに夏芽の喉《のど》から手を放し、代わりに彼女《かのじょ》を抱《だ》きしめた。

そして、そのまま、海面へ浮《う》かびあがる。

びしょぬれのまま、ふたりは岩場にはいあがる。

咳《せ》きこみ、荒《あら》い息をはきながら、べったりとその場に座《すわ》りこんだ。

「……時間がもどったようじゃのう。」

コウが、晴れやかな声で言う。

夏芽は、いっぺんに悲しくなってきて、顔をおおった。

「ごめんね……わたし、いっぱいごめんね……。」

どうしたらいい？　と夏芽は問いかけた。

「もう、これっきり会えないなんて――たえられない。」

ううう、としぼりだすように泣く夏芽を、コウはしばらく見つめていたが、やがて、彼《か》女《の》の手を取って、なにかをそっとにぎらせた。

「……これ……。」

それは、さっき海の中で切れて散ったはずの、数珠《じゅず》の珠《たま》のふた粒《つぶ》だった。

「これをひと粒持っちょれ。ひとつは俺《おれ》が持っちょる。」

夏芽の手からひと粒を取り、自分の右手ににぎりしめる。

「これは、俺と通じる神の数珠じゃ。どうしても俺に会いとうなったら念じろ。いつでも、どんなタイミングでも、会いにいっちゃるけえ。」

夏芽は目を見張《みは》った。

「……会って……いいの?」

「おう。やっぱり、もう一生会わんなんて約束は、つまらんのぅ。」

コウは笑った。

「俺《おれ》はここで生きていく。おまえの場所はここにはない——それでもええが。俺はずっとずっと、ここからおまえを見ちょるけぇ。おまえはおまえの武器《ぶき》で天下取るとこを俺に見せてくれや。」

夏芽は、泣きながらうなずく。

「取りたいよ……見せたいよ!」

「おまえはよう、初めて会《お》うたときからずっと、俺の衝撃《しょうげき》じゃやけえの。」

コウは、夏芽の頰《ほお》に手を触《ふ》れながら、そう言った。

「どがぁこつあっても、おまえがなにしようと、大人んなって立場が変わっても、俺は一生おまえの味方じゃやけぇ。」

コウは輝《かがや》くように笑った。

「おまえの好きに生きてよぉ、一生俺をざわつかせてくれぇや!」

どがぁこつあっても
おまえが なにしようと
大人《おとな》んなって
立場《たちば》が変《か》わっても
俺《おれ》は一生《いっしょう》
おまえの
味方《みかた》じゃけぇ

好《す》きに生《い》きてよぉ
一生《いっしょう》俺《おれ》をざわつかせてくれぇや！

ああ――わたしの神さん。
この海も山も、コウちゃんのものだ。
わたしも、コウちゃんのものなんだ。

「あったりまえでしょ！」
夏芽はコウの手をにぎって、涙《なみだ》をこぼしながら、輝《かがや》くように笑った。

終章　——それから

夏芽《なつめ》は、激《はげ》しいフラッシュの渦《うず》の中にいた。

「ナポリタン国際映画祭《こくさいえいがさい》、主演女優賞《しゅえんじょゆうしょう》、望月《もちづき》夏芽さんです。」

渦巻く拍手《はくしゅ》と強いスポットライトを浴びて、夏芽は胸《むね》を張《は》り、真っ白なドレスのすそをひるがえして壇上《だんじょう》を歩む。

「望月さん、おめでとうございます——今回の作品の撮影《さつえい》には、どのような気持ちで臨《のぞ》まれたんでしょうか。」

司会の男性《だんせい》の問いに、夏芽はほほえむ。

「わたしも十六のときに、田舎《いなか》から東京《とうきょう》へ出てきたので、主人公の気持ちに重なるところがありました。」

「なるほど。ご両親や、当時のお友だちもお喜びでしょうね。」

「ええ……見守ってくれてると思います。」

たたきつけるようなフラッシュが夏芽を貫《つらぬ》く。

(コウちゃん、見てる?)

夏芽は、自分が認《みと》められるたび、いつも心でささやく。

『みんな知らないでしょ。コウちゃんは、もっとすごいんだよ?』

夏芽の腕《うで》につけたブレスレットには、あの、コウと分けあった数珠《じゅず》の珠《たま》が縫《ぬ》いつけられている。

夏芽は、その上に手を置くたび、彼《かれ》の視線《しせん》を――ぬくもりを感じるのだ。

「それでは、ここで受賞作品の一部をごらんいただきましょう。望月さん演《えん》じる主人公、ゆき子《こ》が田舎《いなか》を離《はな》れ、上京するシーンです――……。」

拍手《はくしゅ》の中、自分の席にもどった夏芽に、となりのいすに座《すわ》っていた広能晶吾《ひろのうしょうご》がささやいた。

「リラックスしてるじゃん。呼吸《こきゅう》できてるね。」

夏芽はほほえみながらうなずく。

当たり前でしょう。コウちゃんが見守ってくれてるんだもん。

場内の照明が落ち、壇上《だんじょう》のスクリーンには、広能が撮《と》った夏芽の姿《すがた》がいっぱいに映《うつ》しだされる。

麦わら帽子《ぼうし》をかぶり、白いワンピースを着た〝ゆき子〟。

彼女《かのじょ》が乗ったバスを、ビッグスクーターに乗った若《わか》い男が追いかけてくる。

ゆき子の恋人《こいびと》、富岡《とみおか》だ。

バスから飛《と》び降《お》り、富岡のスクーターに乗って、海岸線を走るゆき子。

その姿《すがた》が――いつか、コウと自転車をふたり乗りして海辺を走った、あの日に重なっていく。

ああ――わたしの神さん。
わたしの閃光《せんこう》。雷《かみなり》。美。
コウちゃんこそが、わたしの霊感《インスピレーション》。

鳴りやまない拍手《はくしゅ》。
ふたたびまたたく激《はげ》しいフラッシュ。
まるで、あのときの全能感《ぜんのうかん》がよみがえったかのよう!

あのあと――しばらくして。
コウは、あの男の遺体《いたい》を海に沈《しず》めたことを警察《けいさつ》に通報《つうほう》した。

カシャ

捜索《そうさく》が行われたが、遺体《いたい》は見つからず、うやむやになってしまった、と。
高校を卒業してから東京へ出てきたカナが教えてくれた。

浮雲《うきぐも》の神さんが、きっと、コウを今でも守っているのだろう。

コウちゃん、見ていて。
わたし、輝《かがや》きつづけるよ。
わたしの力で。わたしの武器《ぶき》で、どこまでも遠くへ行くよ。

そうしたらいつか。
はるか遠くで。
ふたりの道が、交わる日が来るかもしれない。

そのときまで、わたしは行く。

もう立ちどまらない。

今も、目を閉《と》じると、コウちゃんの声が聞こえる。

「夏芽！　光のほうに突《つ》きすすめ！」

おわり

著者

松田朱夏《まつだ しゅか》

作家。1995年、ゲームのノベライズでデビュー。別ペンネームでライトノベル・漫画原作・脚本などを手がける。現在は児童書を中心に執筆。主な著作に『ハイブリッド・ソウル～そして、光の中を』（富士見ミステリー文庫）、「ミラクル☆コミック」シリーズ（フォア文庫）、『ヒロイン失格　映画ノベライズ　みらい文庫版』（幸田もも子原作、集英社みらい文庫）、『道玄坂怪異 サブライン707』（木原浩勝と共著、すこし不思議文庫）、『ジロキチ　新説鼠伝』（富沢義彦と共著、白泉社招き猫文庫）など。

原作者

ジョージ朝倉《じょーじ あさくら》

漫画家。1995年、別冊フレンド（講談社）掲載の「パンキー・ケーキ・ジャンキー」でデビュー。主な著作に『恋文日和』（第29回講談社漫画賞少女部門受賞）、『少年少女ロマンス』『ハッピーエンド』（以上、講談社）『ピース オブ ケイク』『夫婦サファリ』（以上、祥伝社）など。現在、ビッグコミックスピリッツ（小学館）で『ダンス・ダンス・ダンスール』を連載中。

脚本

井土紀州《いづち きしゅう》

映画監督・脚本家。脚本家としての主な作品に『黒い下着の女　雷魚』（1997年）『HYSTERIC』（2000年）『MOON CHILD』（2003年／以上、瀬々敬久監督）、『YUMENO　ユメノ』（2005年／鎌田義孝監督）、『ニセ札』（2009年／木村祐一監督）など。脚本協力に『64 ロクヨン』（2016年／瀬々敬久監督）がある。

山戸結希《やまと ゆうき》

映画監督。2012年、『あの娘が海辺で踊ってる』でデビュー。2014年、『5つ数えれば君の夢』が渋谷シネマライズの監督最年少記録で公開。『おとぎ話みたい』がテアトル新宿のレイトショー初週観客動員記録を13年ぶりに更新する。2015年、日本映画プロフェッショナル大賞新人監督賞を受賞。

この講談社KK文庫を読んだご意見・ご感想などを下記へお寄せいただければうれしく思います。なお、お送りいただいたお手紙・おハガキは、ご記入いただいた個人情報を含めて著者にお渡しすることがありますので、あらかじめご了解のうえ、お送りください。

〈あて先〉
〒112-8001 東京都文京区音羽2-12-21
講談社児童図書編集気付　松田朱夏先生

この本は、映画『溺れるナイフ』(2016年11月公開／井土紀州・山戸結希／脚本)をもとにノベライズしたものです。また、映画『溺れるナイフ』は、講談社別フレKC『溺れるナイフ』(ジョージ朝倉)を原作として映画化されました。

★この作品はフィクションです。実在の人物、団体名等とは関係ありません。

講談社KK文庫 A24-1

小説《しょうせつ》 映画《えいが》 溺《おぼ》れるナイフ

2016年10月5日 第1刷発行（定価はカバーに表示してあります。）
2016年11月22日 第2刷発行

著者　松田朱夏《まつだしゅか》
原作　ジョージ朝倉《あさくら》
脚本　井土紀州《いづちきしゅう》／山戸結希《やまとゆうき》

発行者　清水保雅
発行所　株式会社 講談社
〒112-8001 東京都文京区音羽2-12-21
電話 編集 東京(03)5395-3535
販売 東京(03)5395-3625
業務 東京(03)5395-3615

印刷所　慶昌堂印刷株式会社
製本所　株式会社国宝社
本文データ制作　講談社デジタル製作

講談社

N.D.C.913　216p　18cm　Printed in Japan　ISBN978-4-06-199586-4

この漫《まん》画《が》を
読《よ》まずに、
十《じゅう》代《だい》を終《お》えて
ほしくはない。

人《じん》生《せい》が変《か》わるほどの衝《しょう》撃《げき》！
ジョージ朝《あさ》倉《くら》の
少《しょう》年《ねん》少《しょう》女《じょ》ロマンス
新《しん》装《そう》版《ばん》 全《ぜん》2巻《かん》
正体知《しょうたいし》っても、もう止《と》まらない！
恋《こい》に悩《なや》める少年少女《しょうねんしょうじょ》の
もどかしすぎるラブゲーム、
装《よそお》いも新《あら》たに登場《とうじょう》!!
バラが咲《さ》いた
—ジョージ朝《あさ》倉《くら》初《しょ》期《き》傑《けっ》作《さく》選《せん》—
幼《おさな》なじみが分《わ》け合《あ》う毎日《まいにち》『星空《ほしぞら》で目《め》がくらむ』、
デビュー作《さく》『PUNKY CAKE JUNKIE《パンキー ケーキ ジャンキー》』など、
初期《しょき》5編《へん》を収録《しゅうろく》したファン必読《ひつどく》の傑作選《けっさくせん》。
電《でん》子《し》書《しょ》籍《せき》
でも発《はつ》売《ばい》中《ちゅう》